マグノリアの木の下で

エマ・ダーシー
小池　桂 訳

ハーレクイン
SP
文庫

NO RISKS, NO PRIZES

by Emma Darcy

Published by Harlequin Japan,
a Division of K.K. HarperCollins Japan, 2024

エマ・ダーシー

オーストラリア生まれ。フランス語と英語の教師を経て、コンピューター・プログラマーに転職。ものを作り出すことへの欲求は、油絵や陶芸、建築デザイン、自宅のインテリアに向けられた。また、人と人とのつながりに興味を持っていたことからロマンス小説の世界に楽しみを見いだすようになり、それが登場人物を個性的に描く独特の作風を生み出すもとになった。多くの名作を遺し、2020年12月、惜しまれつつこの世を去った。

◆主要登場人物

エデン・リンゼイ……………住み込みのナニー。
ポーラ・スタフォード………エデンの雇い主。ファッションデザイナー。
ジェフ…………………………エデンの元恋人。
マーリー………………………エデンの親友。
レイ・マーティン・セルビー……マーリーの夫。
パム・ハーコート……………マーリーの雇い主。レイの姉。
ルーク・セルビー……………レイとパムの兄。銀行家。

1

最高のガーデンウエディングを挙げるためには、お天気も最高でなくてはならない。天気予報によれば明日は快晴だった。もちろん、雨の場合は会場を屋敷の中に移す手筈《てはず》は整っているけれど、やはり春の花が一面に咲き乱れる花壇に囲まれて、青い芝生の上で薔薇《ばら》のアーチをくぐるのほどロマンティックな結婚式はない。

どうか天気予報が当たってくれますように……。エデンはベッドに入りながらそう願わずにいられなかった。自分の夢見る結婚式を実現できる女性はそう多くはないけれど、親友のマーリーにはその資格がある。

二人が福祉施設の固いベッドで最後の夜を過ごしてから、八年が経《た》っていた。エデンは今自分が泊まっている、デザイナーによって室内装飾を施されたゲストルームを見渡した。部屋はハーコート家の瀟洒《しょうしゃ》な二階建ての屋敷の一角にある。八年前と比べると、なんという違いだろう。今はエデンもマーリーも共に二十四歳。二人の夢や希望は確実に実現しつつあった。

住み込みの保母になるというのはすばらしいアイディアだった。福祉施設で年下の子供たちの面倒を見る手伝いをしていたときにエデンが思いついたのだ。施設で手のかかる子供の扱いも十分経験しているし、何より都合のいい点は、資格を得るのにあまりお金がかからないことだった。しかも、住み込みとなれば、貧乏生活からも抜け出すことができる。二度と福祉施設の暮らしに戻りたくない二人にとっては、願ったりかなったりの職業だった。

けれども上流家庭に職を得るためには、それにふさわしい話し方や立ち振る舞いが必要だ。施設の中で飛び交うぞんざいな言葉ではなく、職員や教師たちのきちんとした話し方を真似《まね》するようマーリーに言い聞かせていたころのことを思い出し、エデンは思わず口元をほころばせた。

エデンはまた人前で恥をかかないように、図書館に通ってエチケットに関する本を読みあさり、マーリーにも教えてあげた。マーリーは素直な性格だったので、エデンのアドバイスに喜んで耳を傾けた。そして二人の意気込みと必死の努力は実を結んだ。

二人は裕福な家庭に職を得て、普通の職業についていたら知ることができなかっただろう世界を経験することになった。〝家族〟について海外に出かけたり、すばらしい人々と出会って見聞を広めたりする機会を得た。

マーリーの仕事先は、ハーコート家だった。彼女はこの五年間、女主人であるパム・ハーコートを手伝って双子の女の子たちの面倒を見ている。その双子たちは明日、フラワーガールの役を務めるので大はしゃぎだ。結婚式がすんだらマーリーは本当の意味でハーコート家の一員になる。パムの弟のレイと結婚するのだ。あれだけ深く愛し合っているレイとマーリーなら、この世で最も幸福なカップルになることは間違いない。

そして明日の結婚式でエデンはマーリーの付き添い人を務める。エデンはパートナーを組むことになっている新郎側の付き添い人、ルーク・セルビーのことを考えると気が重くなった。レイが兄のルークを、そしてマーリーが姉同然のエデンをそれぞれの付き添い人に選び、パムの双子の娘たちがフラワーガールになるというのはごく自然な成り行きだった。それでもエデンは、レイが兄ではなくだれか友人を付き添い人に選んでくれたらよかったのに、と思わずにはいられなかった。

ルーク・セルビーはなぜか気に障る。嘲《あざけ》るような口調やシニカルな視線から察するところ、彼は女性を人格を持った人間とは見ていない。少なくともエデンにはそう思えた。それだけではない。彼はあまりにハンサムすぎるのだ。いや、ハンサムという言葉は正確ではない。むしろ動物的魅力に満ちていると言うほうが当たっている。意識してかしないでか、彼は女性を挑発する――できるものなら僕を手に入れてみろ、と。それでいて女性などどうでもいいという投げやりな雰囲気を漂わせていた。

エデンは眉をひそめた。どうしてわたしはここまでルーク・セルビーを嫌うのかしら？

プライドを傷つけられるから？　きっとそのせいだわ。彼はわたしの体だけを見て、人格など問題にしていない。そんな相手は避けるに限るのだが、明日は新郎新婦の付き添い人同士としてにこやかに振る舞わなければならないだろう。

でも、何かあったらジェフのところへ逃げ込めばいい。曇った表情が晴れて、エデンの顔に幸福なほほ笑みが浮かんだ。明日はマーリーの付き添い人だけれど、そのつぎの結婚式は彼女自身が主役になる予定だった。

あと三カ月待つだけだ。ジェフはパースから戻ったら婚約指輪を買い、結婚指輪の注文をすると約束してくれた。彼はマーリーの結婚式に駆けつけるために明日戻ってくるはずだから、指輪は来週見に行くことになるだろう。

この六週間というもの、エデンはジェフのことばかり思っていた。彼はコンピュータープログラムの売り込みの仕事でパースへ行ったのだが、当初三週間の予定が途中で何度も変更され、帰りが延び延びになっていた。何か問題が起こったらしい。マーリーの結婚式までには必ず戻るとジェフは言ったが、それも一時は危ぶまれたほどだった。

でも、もう大丈夫。問題は解決し、ジェフは明日帰ってくる。エデンはほっとしたようにため息をついた。パースとシドニーはオーストラリア大陸の東端と西端に位置しているから、長距離電話も料金がかさんで、この六週間、思うように話をすることもできなかった。でも、そんな辛《つら》い思いも今日でおしまいだ。もう二人は二度と離れ離れになることはないのだから。今度ジェフが出張でどこかに出かけるときは、わたしも一緒についていく――彼の妻として。

「エデン、起きて！」

マーリーの声がエデンのまどろみを破った。肩を軽く揺すぶられてぱっと目を開けると、幸せいっぱいの笑顔がエデンを見下ろしていた。マーリーは飛び切りの美人というわけではないが、優しく愛くるしい顔には人のよさが輝き出ていた。エデンはマーリーの内面の美しさを何よりも慈しんでいた。マーリーの心に触れると、エデンの暗く屈折した心が静められていく。

マーリーはネグリジェにナイトガウンをひっかけただけの格好で、エデンの部屋に飛び込んできていた。嬉《うれ》しくてたまらない様子だ。「お天気は最高よ！　雲一つない青空なの。エデン、ほら、見て！」窓際に駆け寄って空を見上げている。

エデンはベッドから下りてマーリーのそばへ行き、並んで空を見上げた。澄み切った青空がすばらしい一日の始まりを告げている。

「わたしったら、なんて運がいいんでしょう。信じられないくらいよ」マーリーは嬉しさのあまり、思わず両手で自分の体を抱きしめた。

エデンはマーリーの華奢《きゃしゃ》な肩にそっと手を回し、赤ん坊の産毛のように細くて柔らかい茶色の髪に頬を寄せた。「晴れて当然よ。だってわたしが空にそう命令しておいたんだもの」エデンはこみ上げてくる涙を抑えながら、かすれた声で言った。

マーリーがくすくす笑い、エデンの顔を覗《のぞ》き込んだ。美しい琥珀《こはく》色の目に温かいまなざしが浮かんでいる。「まだ私の面倒を見てくれているの、エデン？」

「今日でおしまいよ。四時になったらレイにバトンタッチするわ」エデンはほほ笑みながら、できるだけ明るい声で言った。

今日は美しい旅立ちの日であると同時に、さまざまな意味で二人を支えてきた何かが終わる日だ、という思いが二人の胸にこみ上げた。

「エデン、何もかも本当にありがとう。言葉では言い尽くせないわ」マーリーの目がうるんでいる。

「マーリー、お礼を言わなければならないのは、わたしのほうだわ。あなたがいなかったら、施設のすさんだ生活にわたしの心はきっと死んでいたと思うもの。あなたがわたしに、思いやる心を教えてくれたのよ」エデンは穏やかな口調で言った。

じっと見つめ合う二人の脳裏に、施設の日々の記憶が蘇《よみがえ》る。反抗的でタフなエデン。それに対して華奢で小柄なマーリー。マーリーは優しくおとなしい性格のためによくいじめられた。エデンはそんなマーリーをかばい、身の守り方を教えた。そうやって生まれた二人の絆《きずな》は、これからの人生にどんなことが待ち受けていようと、けっして壊れることはないだろう。そして今日、マーリーは〝結婚〟というもう一つの絆を結ぶ。それは友情を超えた絆だ。マーリーもエデンもそう考えていた。

「エデン、あなたももうすぐジェフと結婚するんでしょう？」

「ええ」

残念だが、ジェフとレイはけっして親友にはならないだろう。二人はまるで、水と油のように性格が違う。エデンもマーリーもそのことは十分わかってはいたが、努めて考えないようにしていた。先のことはわからない、エデンは心の中でそう思っていた。わたしとマーリーだって他人から見たらとても気が合うタイプではないだろう。

もしかしたらそれは本当かもしれなかった。エデンとマーリーは正反対の性格だ。けれども施設の辛い生活に耐えるためにはお互いに助け合うしかなかったのだ。むしろ、性格が正反対でかえってよかったのかもしれない。というのも、そのおかげでお互いの強さ弱さを補い合うことができたからだ。

それぞれの結婚を機に、二人の人生が違う方向に進んでいくのかと思うと、幸福な気持にある種の寂しさが混じる。それでも、お互いに〝この男性〟と決めた結婚だ。その気持に正直に生きていくほかない。

「エデン、これからも会いに来てくれるでしょう？」エデンの顔を覗き込むマーリーの目に一抹の不安が浮かんでいる。「わたしたち、いつまでも親友よね」

「もちろんよ」エデンは請け合った。「どんなに遠く離れてしまっても、どんなに長い間会えなくても、わたしたちの友情は変わらないわ」

マーリーの顔に安堵《あんど》の表情が表れた。「そうよね、エデン。これで安心したわ。だってあなたの言うことはいつも当たるから」

エデンは笑ってマーリーを抱きすくめた。「あなたにはレイがぜったいお似合いだって言ったのもわたしだものね。彼はきっとすばらしい夫になるわ」

真面目《まじめ》で頼りがいのあるレイはマーリーより二歳しか年上ではないのだが、自分の描いている夢を着実に実現しつつあった。会計士という手堅い職業につき、マーリーのような夫や子供に仕えて家庭を守り、安定した生活を何よりも望む女性と結婚する。エデンは二人が理想のカップルになることを確信していた。

「そしてあなたはジェフ?」マーリーの声にはかすかだがためらいの響きがあった。「本当に彼でいいの?」

「ええ」エデンはきっぱりと答えた。とはいえ、彼女自身、そう確信するようになったのはつい最近のことだった。

ベッドの中の彼の優しさがエデンに決意させたのだ。もちろん、それまでもたしかにジェフに強く惹《ひ》かれてはいた。頭が切れ、野心的なジェフ。それに加えて、ブロンドの髪とハンサムな顔立ちからは、自信に満ちた雰囲気が漂ってくる。けれどもエデンがすべてを捧《ささ》げる気持になったのは、彼が辛抱強く待ってくれたからだ。

エデンは、優しさや思いやりのない男性とはけっしてベッドを共にするまいと心に誓っていた。彼女の母親が一緒に暮らしていた、あの獣のような男の記憶が今でも頭から離れないからだ。あの男と母とエデンの三人で暮らしていた日々の恐怖――そのために彼女は家出までしなければならなかった。親友のマーリーにもそのいきさつを話したことはない。もっとも、家に連れ戻されそうになったときのエデンの暴れようから、マーリーはおおよその事情を察しているかもしれなかった。それでもエデンはだれにも話すつもりはなかった。マーリーにも、そしてジェフにさえも。

エデンが処女だったことにジェフはとても感激してくれた。おそらく彼女を無垢《むく》で純粋な女性と思ったに違いない。まさか、荒廃した少女時代を送ったとは想像もしていないだろう。エデンはわざわざ自分の醜い過去を話すつもりはなかった。でも、施設にときどき入ってくるどうしようもない不良少年たちから、いつもエデンがかばってあげたので、マーリーは醜い世界にさらされることなく、善良なままでいられた。そのことをエデンは誇りにしていた。

そのとき、玄関横の砂利を敷き詰めた車寄せに勢いよく車が入ってくる音がして、二人は窓の外を見た。ダークグリーンのジャガーだ。しかも、最新型のスポーツカータイプ。エデンはすぐに車の持ち主がわかった。ルーク・セルビーだ。彼は富と権力と洗練さを兼ね備え、運転するときも人の目を引かずにいられない。マーリーの手前、ルーク・セルビーに対してにこやかに振る舞わなくてはならないとわかってはいたが、きっと彼と一悶《ひともん》着《ちゃく》あるという予感がしていた。ルーク・セルビーはそういう男なのだ。

「ルークだわ」マーリーが嬉しそうな声をあげた。「ねえ、エデン。ルークがね、結婚祝いにすばらしいものをプレゼントしてくれるのよ」

「披露宴のお酒の費用を全部もってくれるの?」エデンは醒《さ》めた口調で言った。彼のことだから、おそらくお酒も最高の銘柄ばかり取り揃《そろ》えるに違いない。

「そうじゃないの」マーリーの目がきらきら輝いている。「まあ、それもそうなんだけれど、もし、わたしたちに気に入った家が見つかったら、銀行から低利子で融資を受けられるように手続きしてくれるって言うのよ。ねえ、すばらしい話でしょう?」

たしかに耳寄りな話だ。エデンもルークの気前のよさを認めざるを得なかった。しかし、どこかから皮肉めいた声が聞こえてくる。経営手腕のあるエリート銀行家ルークにとって、そんなことはなんでもないことなのかもしれない。それでもエデンはできるだけ嬉しそうな声を出した。

「まあ、マーリー、それはすごいわ!」

「ルークって本当に親切なのよ!」マーリーは窓から身を乗り出して、未来の義兄に手を振った。「彼に結婚したいと思う女性が現れないなんて、本当に残念だわ」

ルーク・セルビーくらいの魅力と地位があれば、どんな女性だって手に入れることができるはずだから、結婚しないのはおそらく彼自身の意思なのだろう。もっとも、だからといって女性嫌いというわけではなく、お楽しみの相手には事欠かない様子だ。

「きっと彼は結婚するタイプじゃないのよ」エデンはそっけない口調で言った。

「でも、前に一度結婚しているわ」マーリーが弁護するように言った。人のいいマーリーは何ごとも善意に解釈しようとする。

「そして一年も経たないうちに離婚したって――そう言わなかった？」

「ええ。でも、そのことでルークを責めるべきじゃないわ。きっと何か深いわけがあったのよ」

エデンはマーリーの前でルークを非難したことはない。マーリーはルークが好きなのだ。レイと彼女に何かと親切に便宜をはかってくれる彼が、悪いことをするはずがないと信じている。しかしエデンの耳に入ってくる話だと、どうやらそうでもないらしい。

「そうね。結婚生活が一年近く続いただけでも、奥さんになった女性は運がよかったと思わなくてはいけないのかもしれないわね」皮肉たっぷりの言葉が思わずエデンの口をついて出る。彼女はその瞬間、言わなければよかったと舌を噛《か》んだ。

マーリーの目にショックの色が浮かんだ。「でもそれはルークのせいじゃないと思うわ」ついさっきまで喜びに輝いていた表情がみるみる陰っていく。エデンの言葉に傷ついたらしい。今日はマーリーの結婚式だというのに……。しかもルークは新郎の付き添い人なのだ。

「ごめんなさい」エデンは申し訳なさそうに苦笑した。「つい口が滑ってしまって。もちろんマーリー、あなたの言うことが正しいわ。ルークの側にもきっとちゃんとした事情があるのよ」

マーリーの目がぱっと輝いたので、エデンは胸を撫《な》で下ろした。どうやらうまくとりなすことができたらしい。もっとも、エデンは本心から言ったわけではなかった。彼女の雇い主はルーク・セルビーと共通の友人を持っているが、ルークが一年足らずの結婚の間にもうけた子供に会いに行きもしないということは、誰もが知っていた。まったく関心がないらしいのだ。莫大《ばくだい》な慰謝料を払ったから、あとはもう関係ないということのようだ。

ルークは車を玄関からかなり離れた場所に止めた。花屋やケータリングサービスの車が玄関に横付けできるようにという配慮だろう。ちょっとしたことだが、こまやかな心遣いだ。

もしかしたらわたしはルークに偏見を持ちすぎているのかもしれない。彼はマーリーに対してだって初めから親切に接してくれていたではないか。せめて結婚式の間だけでも偏見を捨てられたら、離婚したことや、子供を顧みないという事実に目をつぶることができるかもしれない。

エデンははっとして窓際から離れた。マーリーの興奮ぶりにつられて、思わずナイトガウンを羽織るのを忘れている。木綿のネグリジェはごく慎ましいデザインだから別にあわてることもないはずなのだが、ルーク・セルビーがいるとなぜか肉体を意識してしまう。エデンは自分でもそれがいやだった。

エデンはときどき、自分がマーリーのような体型だったらどんなによかっただろうと思うことがあった。エデンのようなグラマーな体型を羨《うらや》ましがる女性は多いけれど、彼女には災いの元としか思えなかった。グラマーというだけで何度面倒なことに巻き込まれただろう。それも思春期に入る前からだ。今はもう神経が図太くなって、体に注がれる男性の視線にも動じなくなったけれど、そんなもの、避けて通れるならばそれに越したことはない。マーリーはすぐに〝人間〟として接してもらえるが、エデンの場合、特に男性に、肉体以上の存在として認めてもらうのは一苦労だ。

ジェフはわたしを〝人間〟として認めてくれた。

そしてルーク・セルビーは認めてくれていない。エデンはそう感じていた。

車のドアの開く音がして、再び閉められた。ルーク・セルビー――結婚に失敗した男。はたして彼にそんなイメージがあったかしら？　エデンはマーリーの肩越しに窓の下の男性をそっと見た。暗い影などどこにもない。むしろ、成功した人間が持つ余裕のようなものが伝わってくる。

ルークは背が高くがっしりとしていて、逞《たくま》しい体には自信が満ちあふれていた。ストーンウォッシュのジーンズと鮮やかなブルーのスポーツシャツは、締まったヒップと厚い胸を強調している。そして太腿は……いけない、エデンは首を横に振った。ルーク・セルビーの挑発に乗ってはいけない。彼は自分の能力を知り尽くし、それを最大限に利用する術を心得ている獣なのだから。

精悍《せいかん》な顔立ちは人の目をひきつけずにはいない。甘さはないが、強い意志を秘めた表情は長距離ランナーを思わせる。荒削りなハンサムとでも言うのだろうか、一度見たら忘れられない顔だ。ブルーの瞳が真っ黒な髪と眉をいっそうひき立て、女心をかき乱す。そしてわざと口元を歪《ゆが》めてみせるしぐさは、人を嘲《あざ》笑い、挑発しているようだ。

まだ三十五歳だというのに、さまざまな人生経験から確固たる自分を築き上げ、それはときとして傲慢《ごうまん》で威圧的な印象を与える。けれども今、車を降りてきたルークは、弟の結婚式を心から楽しみにしている様子だった。

「ルーク！」マーリーが声をかけた。「レイは大丈夫でしょうね。友達が彼に変なことをしないようにちゃんと見張ってくれる約束だったでしょう？　もし大丈夫じゃなかったら、そのときは……」

なかば脅すようなマーリーの口調に、ルークが笑った。喉の奥から低く漏れてくるその声を耳にして、エデンは思わず背筋がぞくっとするのを感じた。「大丈夫だよ、マーリー。昨夜《ゆうべ》はおとなしいものだった。軽く飲んでおしゃべりをして……。それも夜中の十二時でおしまいさ。約束どおり、みんなを追い出してレイをベッドに寝かしつけたよ。だから今朝は二日酔いもなく、ベストコンディションだそうだ」

マーリーの顔が喜びに輝いた。「なんて美しい日なんでしょう。そう思わない？」

「ああ、まぶしいくらいだよ」ルークの声が思わせぶりに響いて、視線が一瞬、マーリーの背後にいるエデンにそれる。そして再びマーリーへ戻っていった。「君のほうこそよく眠れたかい？」

マーリーとルークは楽しそうにおしゃべりを続けたが、エデンは二人の会話にまったく加わろうとしなかった。ルークもエデンに声をかけない。しかし視線がときどきマーリーの肩越しにエデンに注がれるのを見ると、彼女の存在を意識しているのは明らかだった。そしてまた、エデンも彼の存在を強く意識していた。

マーリーとわたしを見比べているのかしら？　エデンはそう思わずにいられなかった。小麦色の肌にブロンドの髪のマーリーに対し、エデンは色白で、髪は真っ黒だった。目も眉もまつげも真っ黒。長いまつげはマスカラがいらないほどだし、ふっくらした唇は輪郭がはっきりしているので、口紅をつけなくても十分だった。卵形の顔にほっそりした首が優雅な印象を与え、艶《つや》のある黒髪が肩のあたりで揺れている。

マーリーは百五十センチと小柄で、エデンの肩くらいまでしかなく、すべてがかわいらしくまとまっている。エデンはそんなマーリーが羨ましくてしかたがなかった。肩幅が広く胸も豊かなエデンはまるで彫像のようで、どんなに控えめに振る舞っても人目をひいてしまう。だから、できるだけ目立たないように髪をまとめ、化粧もせず、ジーンズの上に腿のあたりまであるだぶだぶのTシャツを着ることにしていた。

住み込みの保母はファッショナブルであってはいけない。目立たなければ目立たないほどいいのだ。妻たちは夫の関心が保母に向けられるのを好まない。エデンはこれまで一、二度、そのような状況におかれたことがあった。雇い主の夫の中には、同じ屋根の下に住んでいるのならベッドも共にできるだろうと考える男性もいた。エデンはそんなとき、相手にはっきり〝ノー〟と言ったが、結局は仕事先を変えた。たとえ相手が非を認めても、そういうことがあったあとではやはり居心地が悪かったからだ。

居心地が悪いという点では、ルーク・セルビーと同じ屋根の下にいるときも同じだった。けれども今日はどうしようもない。ルークの言動に憤慨して、マーリーの付き添い人としてのにこやかなほほ笑みを忘れることのないように、それだけを心に念じていよう。それに、午後になればジェフが帰ってくる。そうすればすべてがうまくいくはずだ。

「朝食の匂《にお》いがしてきたけれど」ルークがようやく話題を変えた。「でも君たち二人は食欲なんかないだろうな」

「もちろん大ありよ!」マーリーが大きな声で答えた。「パムにわたしたちもあと十五分で下りていくって伝えてちょうだい」

けれども十分後、そのパムが二階に上がってきてエデンの部屋のドアをノックした。

「エデン、パースから長距離電話よ。書斎に回しておいたわ」

「ありがとうございます」エデンは息が止まりそうになった。まさか、ジェフが飛行機に乗り遅れたのでは……。彼女の心臓は激しく鳴り始めた。

エデンは、マーリーの部屋に立ち寄って軽く言葉を交わすパムの横を通りすぎ、急ぎ足で階段を下りた。マーリーに会いに何度もこの家を訪れているから、書斎がどこにあるかはわかっている。彼女はほとんど走るようにして書斎に入ると、ドアを閉めるのもそこそこに受話器を掴《つか》んだ。

「ジェフ?」エデンは息せき切って尋ねた。

「エデン、君かい?」ジェフの声は妙にこわばっている。

「そうよ。どうかしたの?」

わざと咳払《せきばら》いする音が聞こえ、それからためらいがちな声が続いた。「それが……エデン、どう切り出していいか……」

「結婚式に来られないの?」エデンは呻《うめ》くように言った。

深いため息が聞こえてくる。「ごめん。もうそっちに行く意味はないんだ。もうおしまいなんだ」

「おしまい?」エデンは自分の耳を疑った。

「こちらで、ある女性に出会った……」

エデンは突然の告白に打ちのめされた。ああ、どうしてよりによってこの日にこんなことが！　彼女は言葉を失ったままその場に立ち尽くした。

「エデン？」

「ええ」ほとんど声にならない。

「聞こえている？」

「ええ！」

「どう説明していいか……」

エデンは受話器を握り直した。「ちゃんと説明してほしいわ」もうなんとなく予想はついている。けれども、エデンはジェフの口から直接聞きたかった。辛い真実に直面し、毅《き》然《ぜん》とそれを受け入れる――これまでだってそうして何度も人生の困難を乗り越えてきたではないか。「話してちょうだい」彼女は冷ややかな口調で促した。

ジェフはようやく重い口を開いた。「パースに残っていたのは仕事のせいだけではないんだ。こんなことを電話で伝えていいものか迷ったけれど、会って話すのは辛いから……。でも、だからといってすべてを隠してマーリーの結婚式に出席するなんて、僕にはできなかったんだ。それに飛行機代も高いし。こちらで出会った女性は……実は彼女のお父さんが仕事を世話してくれてね。今のより条件がいいんだ。それで、その仕事に移ることに決めたよ」

ジェフの話は続いた。こうなったからには結婚の話はなかったことにしよう。もともとお似合いのカップルというわけでもなかったし――自分はセックスを楽しんでいただけだから――それにもちろんエデンにはもっといい男性が見つかるはずだ、などなど。どれも、自分の選択を正当化する言葉ばかりだ。

エデンはじっと受話器を耳に当てたまま、呆然《ぼうぜん》と立っていた。身勝手な言葉、お決まりのせりふが延々と続く。どのくらい経ったろうか。ついに我慢できなくなって受話器を置いた。エデンはじっと左手を見つめた。もう婚約指輪も結婚指輪もはめられることのない左手。今週二人で指輪を買いに行くはずだったのに。それももう夢の話だ。

エデンはふらつく足で机の反対側に回り、革のデスクチェアに腰を下ろした。突然の信じがたい事態に頭がくらくらし、吐き気がこみ上げてくる。彼女は必死で頭の中を整理しようとした。

ジェフは去った。もうわたしとは結婚しない。二人の関係は終わったのだ。

そう、終わった。永遠に。

そして今日はマーリーの結婚式。わたしは結婚の夢が無残に砕け、幸福が失われたのを隠して笑顔で踊らなくてはならない。わたしに対する気持は愛ではなかった、とジェフは言った。単なるセックスが目当てだったと……。わたしが処女を捧げ、ジェフは満足した。

もう結婚する必要はない。欲しかったものは手に入れたのだから。

悪夢が現実になってしまった。ジェフは偽りの愛でわたしを騙《だま》し、優しさを装って愛情をひき出した。エデンは今この瞬間、ジェフ・サウスゲイトという男をだれよりも激しく憎んだ。粗野で暴力を振るった母の愛人よりも……。

でも、ここで泣き崩れるわけにはいかないわ。泣いている時間はない。今日はマーリーの結婚式なのだから。親友のせっかくの晴れの日を台無しにすることはできない。マーリーのために幸福に輝く笑顔を作らなくては。

まず、ジェフが来られなくなった適当な言い訳を考え、さりげなく伝えよう。悲痛な胸の内はけっして明かさない。それが、他人の幸福を思いやることを教えてくれたマーリーに贈る唯一のプレゼントだ。そう、今日はマーリーの結婚式だ。このよき日に、花嫁の幸福を思いやるのが親友というものだろう。自分のことなど、どうでもいい。

2

泣いてはだめ、泣いてはだめよ。エデンは必死で自分に言い聞かせた。

「レイ・マーティン・セルビー。あなたは、マーリー・ジェイン・リチャーズを生涯の伴《はん》侶《りょ》とし、病めるときも……」

エデンは何度も目をしばたたかせた。一度涙がこぼれ落ちたら、もう止めようがないとわかっていたからだ。喉に熱いものがこみ上げるのを歯を食いしばって抑え、ほほ笑みを作る。レイがよく響く低い声で誓いの言葉を復唱し始めた。エデンは、喜びに輝くマーリーの顔を見つめた。喜びなさい、エデン。ついにマーリーの夢がかなったのよ。彼女が待ち焦がれていた人生最良の瞬間が来たのよ。

今度はマーリーが誓いの言葉を述べる番だ。静かだが感情のこもった口調だ。レイがマーリーを賞賛のまなざしで見つめている。そうよ、これが本物の愛なんだわ。よく覚えておきなさい、エデン。もう二度と騙《だま》されてはだめ。これが本物の愛の姿、本物の愛の声、そして愛の真実よ。

ルーク・セルビーが進み出て、ゴールドの結婚指輪を手渡す。レイはにこやかな表情でそれを受けとると、マーリーに向き直った。マーリーとレイが笑みを交わし合う。ルークは二人にほほ笑みかけ、それからエデンを見た。皮肉めいた表情などどこにもない。それはルークがエデンに初めて向けた純粋な喜びの笑みだった。不意をつかれて、エデンの目がみるみるうるんだ。

エデンは大きく息をのみ、しきりに目をしばたたかせた。それでも涙は止まらない。彼女はあわてて目尻を指で押さえた。まつげはまだ濡《ぬ》れているが、とにかく涙が頬に伝うのは避けられそうだ。式が終わるまでの間、エデンは何度か深く息を吸い込んだ。

「これで汝《なんぢ》らを夫婦と認める」

式が滞りなく終わると、神父は結婚証明書に署名をするようマーリーとレイを近くのテーブルに促した。エデンも重い足取りで新郎新婦の後に続いた。新郎新婦の署名が終わったら、ルーク・セルビーと二人、立ち会い人として書類に署名しなければならない。テーブルの近くではカメラマンがすでに決定的瞬間を写真に収めようと準備を整えている。

今日は男性に指一本触れられたくない気分だった。けれどもエデンにはマーリーの付き添い人としての使命があった。親友のためにできるだけ立派に務めなくてはならない。ルークの腕が視界の隅に入ってくる。いよいよ腕を組んで歩くのだ。

両手で花束を握りしめていたエデンは右手を離し、そっとルークの腕にかけた。その瞬間、彼の逞《たくま》しさや力強さが伝わってきて、男性としてのルークを強烈に意識せざるを得なかった。ルーク・セルビーの魅力など知りたくない。エデンはまっすぐ前を見つめたまま、頭の中から邪念を追い払おうとした。

どうして男性は男性なのかしら？　わたしはジェフの無神経な行動をけっして理解することはできないだろう。ジェフのことを考えると涙がこみ上げてくる。エデンはあわててまばたきをした。けれどもその努力もむなしく、涙が頬を伝い始める。ルークと並んで歩き始めると、彼はスーツのポケットからきれいな白いハンカチを取り出し、薔薇《ばら》のアーチをくぐったところでエデンにそっと手渡した。もうすぐ新郎新婦と合流だ。

「お客に背を向けている間、花束を持っていてあげるよ。涙を拭《ふ》くといい」ルークがささやいた。

「ありがとう」エデンは小声で礼を言った。ルーク自身はどうしても好きになれないが、彼女はその心遣いに深く感謝した。

エデンは花束を渡してハンカチを受けとり、急いで涙を拭《ぬぐ》った。

「結婚式っていうのは感慨深いよね」ルークが言った。

「ええ」

「それにしても、どうして女性は結婚式に涙を流すのかな？」ルークの声にかすかな皮肉の響きが混じっている。「男は泣いたりしないのに」

エデンはむっとした。毅然《きぜん》としてルークの手から花束を取り、ハンカチを返すと、冷ややかな視線を投げた。

「おそらく女性は幸福が終わったと感じるからよ。そして、これが不幸の始まりでありませんようにと祈るの」

ルークがわざとらしく驚いてみせた。「君はマーリーとレイの結婚が長く続かないと思っているのかい？」

「いいえ」

「じゃあ、なぜ涙を流しているんだ？」

「嬉《うれ》しいからよ」エデンは身構えるように言った。

ルークが問いただすような視線をエデンに向ける。「君は二人が幸福になるのがおもしろくないのかい？」

「まさか！　マーリーがあんなに幸せそうだから……」

「だから君は泣いた」

「それのどこがいけないの？」

ルークは肩をすくめた。「別に。いろいろな考え方があるからな」

「それじゃあ、あなたこそどうなの？　二人の結婚がうまくいかないと思っているの？」

「いや、うまくいくと思っているよ。どうしてそう思うかはわからないけれど……」

「けれども、あなたの結婚はうまくいかなかったのね?」

ルークのブルーの瞳が、突然凍りついたように無表情になった。「それは事情が違う」

エデンは急に苦々しい気持になった。なんて身勝手なせりふなんだろう。ジェフと同じだ。彼女はルークが使った皮肉たっぷりの響きをそのまま真似《まね》して、たたみかけるように言った。「どこがうまくいかなかったの?」

「君には関係のないことだ」ルークは無表情なまま答える。

エデンは彼に平手打ちをしそうになっている自分に気づき、はっとした。そんな自分が腹立たしい。「そうね、わたしには関係ないことだわ」彼女はそっけない口調で言った。いずれにせよ、ルーク・セルビーの私生活など知りたくない。エデンは、牧師と一緒にテーブルのそばに立っているマーリーとレイに視線を移した。

「あの二人には幸せになってほしい」ルークが静かな声で言った。

「わたしもよ。何よりもそれを望んでいるわ」エデンは彼を睨《にら》みつけた。今日のわたしはいつになく感情的になっているようだ。

ルークが苦笑した。「やっと二人の意見が合ったね」

「ほかは合いそうにないわ」付き添い人としてにこやかに振る舞おうと決めたのも忘れて、エデンはまたぴしゃりと言い切った。

「そうかな?」ルークが意味ありげにエデンを見る。「これからだってチャンスがあれば意見が合うかもしれないよ」

ベッドを共にするチャンスがあれば、でしょう？　男性がわたしに求めるのはそれだけだ。再び憤りがこみ上げ、エデンの頬が紅潮した。新郎新婦との記念撮影には好都合だろう。涙を拭いたばかりの黒い瞳も輝いている。エデンは幸せそうな表情を顔に張りつけ、口元にほほ笑みを作った。

プロの声楽家によって結婚を祝う歌が何曲か独唱される。参列者がそれに聴き入る間、結婚証明書の署名が行われた。そしてすべてが滞りなくすむと、書類は新郎新婦の手に渡された。レイは誇らしげにマーリーの腕を自分の腕に絡ませ、薔薇のアーチをくぐった。

参列者が椅子から立ち上がって新しいカップルの誕生を祝う。参列席の中央を空けて作られたヴァージンロードを、新郎新婦がゆっくりと歩き出した。両側からつぎつぎとお祝いの言葉がかけられ、歓声と共にお米が振りまかれる。

エデンとルークは一歩遅れて新郎新婦の後に続いた。主役をひき立てるべく、ゆっくりと進んでいく。

「君のドレス姿を初めて見たよ」ルークが声をかけた。

「あら、そう？」エデンはそっけなく答えた。ルークにいちいち取り合うのはもうやめることにした。

けれどもルークはそんなエデンに肩をすくめただけで、先を続けた。「とてもきれいだ、と言いたかったのさ」

今度はエデンが肩をすくめてみせる番だった。

「見かけなんてどうでもいいことだわ」

「それは違うよ」ルークの声には優しい響きがこもっていた。「薄紫色のドレスを着て、髪をそういうふうに縦ロールにすると、まるでスカーレット・オハラみたいだ。とてもロマンティックだよ」

ロマンティックですって？　エデンは鼻で笑いそうになった。ロマンティックのかけらも持ち合わせていないくせに！　あなたには〝プレイボーイ〟っていう言葉がぴったりよ。誠実さなどこれっぽっちもない男性、それがあなただわ。エデンはわざと慇懃《いんぎん》無礼な態度で言った。

「このドレスはマーリーが選んだの。わたしじゃないわ。ロマンティックな結婚式に憧《あこが》れていたマーリーが、わたしにはぜひこのドレスを着てほしいって言うから、そのとおりにしただけよ。でも彼女が今の言葉を聞いたら、きっと喜ぶと思うわ。どうもありがとう」

スカーレット・オハラ風の真っ白いウエディングドレスが一目で気に入ったマーリーは、付き添い人のエデンに同じようなデザインのこの薄紫色のドレスを選んだ。正直なところ、エデンは着心地が悪くてたまらない。

いたるところにつけられたフリルやレースやリボン、肩を出したパフスリーブ、大きく広がるスカート——ルークの言うとおり、エデンのいつものスタイルではない。身ごろの部分はあまりにも体にぴったり沿っているので、まるで昔のコルセットをしているようだし、胸元が深くあいたデザインは豊かな胸をさらに強調している。また、ウエストに結んだサテンのリボンは、彼女の細い腰をますます女らしく見せていた。

ヒヤシンスと薔薇のつぼみとデイジーを編み込んだ髪飾りを縦ロールの髪につけ、手にお揃《そろ》いの花束を持つ。エデン自身、いつもと違う格好の自分をひどく意識していた。支度にどれだけ時間がかかったことか！　髪をセットするだけでも午前中のほとんどを費やしたのだ。これをすっかり洗い流して、いつものストレートヘアに戻ったら、どんなにかほっとするだろう。

それに何よりもルーク・セルビーが関心を寄せてくるのが一番いやだった。下心に満ちたあのブルーの瞳でじっと見つめられると、本当に居心地が悪い。何かほかのことに関心を向けてほしい、と願わずにいられなかった。

とはいえ、さっきハンカチをそっと渡してくれたルークは、とても紳士的だった。こちらも礼儀正しくしなければ……。エデンはにこやかな笑顔を作ってルークを見た。「モーニングスーツを着たあなたも、とてもすてきだわ」

ルークがくすりと笑った。「君にぴったりくっついてこなければもっとすてき、だろう？」

エデンは一緒に歩きながらできるだけルークの体に触れまいとした。大きく広がるドレスなので少し離れたほうが歩きやすいからと、ほとんど腕も組まない。けれどもどうやら彼女の気持はルークにはお見通しだったらしい。まわりのお客も、気づいているのだろうか？

「ごめんなさい。そんなにあからさまに避けているつもりはなかったんだけれど」エデンはあわてて謝った。

「いや、ほとんどわからないくらいだよ。でも避けているのはたしかだ」

「ほかのお客に気づかれないのならいいわ」エデンは開き直って言った。これを口実にルークにぴったりくっつかれてはたまらない。

しばし沈黙が流れる。エデンはかたくなにルークとの距離を保った。

「ぼくが離婚しているからかい？」ルークがようやく口を開いた。

「そうよ」エデンは格好の理由に飛びついた。

再び沈黙が流れる。

前を行く新郎新婦は通路の端にたどり着き、立ち止まったまま参列客たちから祝福の言葉を受けている。エデンは再びルークのそばにとどまらざるを得なかった。

「離婚しているかどうかに関係なく、僕は君を魅力的だと思うよ」

エデンの喉に熱いものがこみ上げる。ジェフの心変わりさえなければ――もし彼がわたしとの結婚を破棄しさえしなければ、今ごろわたしのそばにいて、この鼻持ちならないルーク・セルビーからわたしを守ってくれたのに……。わたしが今日一日いやな思いをしなくてはいけなくなったのも、すべてジェフのせいだ。

エデンはルークをじっと見た。少なくともジェフのように羊の皮をかぶった狼《おおかみ》でない点は、感謝しなくてはならないのかもしれない。ついで気を許すなどということがないからだ。ルークは下心を隠そうとしない。欲しいものを追いかけるだけだ。結婚を餌《えさ》にすることなしに！　結婚――それはもうはかない夢と消えてしまった。ああ、すべてをジェフに捧《ささ》げてしまったりして、わたしはなんて愚かだったのだろう。

見るまに涙が溢《あふ》れてくる。ルークが一歩近づいてきた。

「失礼」ルークはハンカチを取り出し、エデンの涙を拭いた。

「マスカラに気をつけて」エデンは声を振り絞って言った。

「人生において何が大事かはわかっている」ルークがそっけない声で答えた。

エデンは銅像のように身動き一つしなかった。同時に、ルークの言われるままになっている自分が腹立たしい。どうして？　やはり気持が動揺しているのだ。エデンは自問自答した。とても平静を保つことができない。マーリーの結婚、ジェフの裏切り。そして親切にしてくれるルーク・セルビー。とても耐えられそうにない。マーリーはルークが親切だと言っていた。おそらく本当にそうなのだろう。今だってわたしにとても親切にしてくれている。だったらそれでいいではないか。それ以上勘ぐることはない。

わたしには心の空白を埋めてくれるだれか優しい人間が必要だ。ジェフが去って、マーリーはレイのもとへ嫁いでいった。わたしにはもうだれもいない。だれ一人残っていない。

エデンは顔を上げてもう一度ルークを見た。親切といっても、心から親切にしてくれているわけではないだろう。外見を装っているだけに違いない。それでいてどこか優しさが漂う――あわれみだろうか？　ブルーの瞳でじっと見つめられると、かたくなな心がほぐれていくような気がする。そして……。

エデンは深く息を吸った。しっかりするのよ。気弱になってはいけない。ルーク・セルビーがわたしを心配してくれるなんて、ばかげた想像だわ。そして、それを望むのはもっとばかげている。わたしに必要なのは、彼のような男性ではない。エデンの頭は混乱していた。あらゆる感情が入り乱れて収拾がつかない。エデンは自分に言い聞かせた。この厳しい世界を生き抜くには、タフでなくてはならない。そんなことはずっと昔に学んだはずでしょう？　エデンは再び大きく息を吸った。

「動かないで。ハンカチが目に入ったら大変だからね」

「もう大丈夫よ」エデンは厳しい口調で言った。「もう涙は流さないわ」

ルークが一歩下がってエデンの顔を覗《のぞ》き込んだ。「なるほど、君は僕をそんなふうに見ているのか」

謎《なぞ》めいた言葉にエデンは無理にほほ笑みを作ってみせた。「そんなふうにって？　わたしがどう考えているか、あなたにわかるかしら？」

「それなら、話してごらん」

ルークの目にまだ例の優しさが浮かんでいる。エデンは身構えた。そして今までずっとそうしてきたように、挑みかかった。彼女の口から勝手に言葉が飛び出していった。「あなたは賢くて計算高くて、自信家だわ。そのうえシニカルで、自分をコントロールできて、人を操るのが上手な人間だわ」

だって、本当のことだもの。エデンは言ってしまったことを後悔しながらも、自分に言い訳した。たとえどんなに表面は魅力的でも、彼の正体はわかっている。そのことを忘れるつもりはない。

ルークが口元を歪《ゆが》めた。「なるほど、それが僕のことを注意深く観察した結論、というわけか」

「あなたがわたしを見る目よりはずっと正確よ」エデンは負けずに言い返した。

ルークがふと真剣な表情になって、エデンをじっと見た。「僕の記憶によれば、これが僕たちがした会話の中で一番長いものだよ。エデン、君が僕を遠ざけ、話すのを拒むから……」

「あなたは別にわたしと話をしたいわけじゃないでしょう？　ミスター・セルビー、その目つきでわかるわ」エデンは彼の言葉を遮った。それから突然、自分がひどくむきになっているのに気づいて、はっとまわりを見渡した。急いでほほ笑みを顔に張りつける。

「何ごとにも始まりが必要さ」ルークがやんわりと応酬してきた。

「いいえ。あるのは終わりだけよ」

息詰まったやりとりに、ルークの目がきらりと光った。「僕たちはお互いに惹《ひ》かれているんだ。そのことに君は気がついていないのかい？」

エデンの頬がみるみる熱くなる。「あなたったらどうかしているわ」彼女はそう言ってルークから目をそむけた。

「そうかな？　どうかしているのは君のほうだと思うよ」

そのとき、フラワーガールとしてルークとエデンの後ろを歩いていたパムの双子の娘たちが、ついにしびれを切らしたらしく、行列を無視して前へ駆け出した。大好きな保母のマーリーに――レイ叔父さんと結婚して本当に幸せそうなマーリーに――ねえ、お行儀よくしてたでしょう、と言っている。

マーリーはかがんで二人を抱きしめた。「あなたたちは、世界で一番お利口でかわいいフラワーガールだったわ」

「マーリー、早く一緒にお写真を撮って」子供たちがせがんだ。

「もうすぐよ。向こうのマグノリアの木の下に椅子があるでしょう？　あそこで待っていてちょうだい。わたしたちもすぐに行くから」

「わたしが一緒に行くわ、マーリー」エデンはすかさずマーリーに声をかけ、軽くウインクしてみせた。「子供たちがドレスを汚さないように見ていなくちゃね」

マーリーが笑った。「それはいい考えかもしれないわ」

エデンにとっては渡りに船だった。おかげでルーク・セルビーから解放される。少しの間でも話をしなくてすむのだ。ルークは今日一日、エデンと親しくすることに決めたらしい。新郎新婦の付き添い人になったこの機会を最大限に利用しようというつもりだろう。エデンはルークの腕から手をほどき、一歩離れた。

「ルーク伯父さんも一緒に来るの？」双子のうちの一人が大きな声で尋ねた。

「もちろんだよ。世界一のフラワーガールと一緒に写真に収まりたいからね。僕の場所をちゃんと取っておいてくれよ」

双子の娘たちは嬉しそうにくすくす笑いながら駆け出していった。参列者たちは椅子から離れ、芝生のあちこちに話の輪を作り始めていた。エデンは自分のもくろみが失敗に終わった苛立《いらだ》ちを必死に隠そうとしたが、うまくいかない。彼女は横目でルークを睨みつけた。ルークはにやにや笑っている。ブルーの瞳がいたずらっぽく輝いて〝すべてお見とおし。そう簡単に僕から逃げることはできないよ〟と言っているかのようだった。

ルークは前よりもしっかりエデンの腕を自分の腕に絡めると、客たちに声をかけ、にこやかに挨拶《あいさつ》を交わしながらマグノリアの木の方へ近づいていく。そつがなくて、洗練されていて、しかもこれと決めたら逃さない。エデンは結婚式のすばらしさを口々に褒めたたえる客たちにできるだけの笑顔を振りまきながら、心の中でその三つの形容詞をルークの性格リストに付け加えた。ルークとエデンがようやく人々から離れ、マグノリアの木のそばまで来たとき、子供たちはすでに椅子によじ登り、いろいろなポーズを作ってはしゃいでいた。

エデンはルークの腕を振りほどいた。もう結婚式は終わったのだ。これ以上腕を組む必要はない。

「ルーク、わたしにかかり合うだけ時間の無駄よ」エデンは単刀直入に言った。

「僕の時間をどう使おうと僕の自由さ」ルークはいっこうに動じない。口元には自己満足のほほ笑みが浮かんでいる。

「ルーク、わたしはもうずっと前に、狼とはかかわらないことに決めたの。傷つくのがわかっているから。わたしは傷つくのはごめんだわ」エデンは毅然とした口調で説明した。

「危険を冒さなくてはご褒美は手に入らないよ」

「わたしは賭《か》け事師じゃないわ」

「おそらくね。でも、エデン、君は戦う人間だ。だから僕を避けないでほしい。正々堂々と戦ってほしいんだ」

エデンはわざと大きな声で笑ってみせた。「あなたと戦ってなんの利益があるというの?」

「夜を楽しめるじゃないか? 退屈するよりずっといいよ」

「あなたは夜をそこで終わらせるつもりはないんでしょう?」

ルークはエデンの言葉を否定するでもなく、ただ肩をすくめただけだった。「それは君次第だ。男はひたすら追いかける。その先を決めるのは女性さ」

背後から子供たちの影が迫る。エデンは小声でつぶやいた。「いつもそうとは限らないわ」

ルークは一瞬とまどい、やがてにこやかな表情になった。「大丈夫、僕はルールを守る人間だよ」

おそらくそのとおりだろう。エデンはなぜかその言葉を疑おうとは思わなかった。ルーク・セルビーほどの男性なら、力ずくで女性を征服する必要はないだろうから。「でも、わたしのほうがルールを守らないかもしれないって考えたことはあって?」エデンはわざと言ってみた。

ブルーの瞳がいたずらっぽく笑う。「そのときはこちらも身を守るさ」

これ以上ルークとかかり合うのは時間の無駄だとわかっている。けれども今日だけはそうはいかない。エデンはにこやかにルークを見た。ただし、その黒い瞳はけっして笑ってはいない。

「たとえ傷を負っても文句はなしよ。警告したはずだから」

ルークはおもしろそうに笑った。「危険だけが僕に残された人生の唯一のスパイスさ」

わたしに残されたのは拒絶と幻滅だけ……。わたしがどんなにがんばっても、ルークはびくともしないだろう。せいぜいプライドが少し傷つくくらいで、今のわたしのようにすべてが粉々に砕けてしまうことはないような気がする。おそらくずっと前に心を固く閉ざして、愛など信じていないのかもしれない。もっとも、レイやマーリーや姪《めい》たちに対しての愛情は心からのものに見えるけれど。

双子の娘たちはドレスをいっぱいに広げて、どれだけ椅子を確保できるか競い合っている。エデンとお揃いの薄紫色のドレスだ。エデンのより襟が詰まり、スカートの丈が僅《わず》かに短いが、同じようなフリルやレースやリボンがついている。そして黒っぽい髪には、やはり花の髪飾りがあしらってあった。

なんて恵まれた子供たちだろう。苦労という言葉すら知らないに違いない。そしておそらくルーク・セルビーも同じだ。エデンは、絶えず不安と恐怖につきまとわれた自分の子供時代を思い出さずにいられなかった。あんなに辛《つら》い思いはわたしだけでたくさんだ。だれにも味わってほしくない。

「でも、もし危険に対してなすすべがない状況に追い込まれたら？　遊びじゃなくて本当の危険よ。それでもあなたは飛び込んでいくかしら？」

ルークは急に真剣な表情でじっと考え込むようにエデンを見た。「マーリーは君のすべてを知っているわけじゃないんだね。そうだろう、エデン？」

その点になるとエデン自身もよくはわからなかった。マーリーは驚くほど感受性が鋭く、その観察の正確さにはっとさせられることもしばしばだ。エデンはそのマーリーにさえ、自分の暗い過去をひたすら隠しとおしてきた。彼女自身、できるだけ忘れようと記憶の隅に追いやって生きてきた。

「マーリーは、人のいい面を見ようとするの。わたしは彼女のそんなところがとても好き」

「そして君は人の悪い面を見る？」

「ええ」

「たしかにマーリーに接した人間はみな、彼女の期待にこたえなければ、という気にさせられるね」

「あなたも？」エデンは意地悪くきき返した。

ルークはしばらく考えてからおもむろに答えた。「ああ、そうだ。彼女は人生に対して積極的だからね」

「甘いという言い方もできるけれど、たしかに長所ではあるわ」エデンは皮肉っぽくほほ笑んだ。「とにかく、あなたもわたしにあまり近づきすぎなければ大丈夫。怪我《けが》をすることはないでしょう」

「僕はもっと違うふうに考えていたんだ。君とは逆のことをね。エデン、僕と君はいい関係になれると思う」

エデンの瞳が凍りついた。「それは取り引きのつもり?」

「取り引きじゃない。お互いが満足する関係だよ」

「無理ね。あなたにわたしを満足させることはできないわ」

ルークは苦笑して首を横に振った。「そう言われたら男として返す言葉はあまりないな」

双子の娘たちは、カメラマンを従えてようやくこちらへ向かって歩いてきたマーリーとレイを見つけると、大声で二人の名前を呼びながら椅子から飛び下りた。エデンはいちだんと美しく輝くマーリーにほほ笑みかけた。ふと見ると、ルークもマーリーに笑顔を向けている。新郎新婦の幸福を心から祝福しているようだ。シニカルなルークには似つかわしくない。

「ルーク、あなたはどうして再婚しないの?」エデンが尋ねた。「離婚してからもう十年も経《た》っているでしょう?」

ルークの目が突然険しくなり、それから嘲《あざけ》りの色が浮かんだ。「結婚してくれなければ、いっさい付き合うのはお断り――エデン、それが君の取り引き条件なのかい？」

「わたしって古風でしょう？」エデンは平然と言い返した。

返事が返ってこない。けれどもそれは言葉が見つからなかったのではなく、マーリーとレイがすぐそばまで来ていたせいかもしれなかった。すかさずにこやかな表情に戻ったルークを見て、エデンも急いでほほ笑みを作った。芝居の再開だ。レイとマーリーのためだけではない。シャンペンを片手にオードブルをつまみ、おしゃべりをしながら長い写真撮影を見守る客たちに対しても、芝居をしなければならない。

マグノリアの木の下というのは庭のあちこちに設定された写真撮影のスポットの一つにすぎなかったが、エデンは満開のマグノリアの花を背景にするこの場所が一番ロマンティックだと思った。新郎新婦と付き添い人、フラワーガールや親族たちはいろいろな組み合わせで、そしていろいろなポーズでカメラの前に立った。

ときにはエデンがルークに寄り添うように立ち、ルークの腕が彼女の腰に回るポーズをとるように指示されたこともあった。そんなとき、ルークはけっしてこの機会に乗じようとはせず、あくまでも紳士的に振る舞った。それでもエデンは彼がすぐそばにいることを意識せずにいられなかった。腰に回された手や偶然触れてしまった逞しい胸や腿……。背の高さもちょうどいいバランスだ。

〝僕と君はいい関係になれると思う〟ルークの巧みな誘いの言葉がエデンの頭にこびりつ

いて離れない。嘘《うそ》に決まっているのはわかっている。ジェフと同じだ。いい関係ですって？ それはマーリーとレイのように本当に愛し合っている者同士に使う言葉よ。

無理にほほ笑みを作りすぎて顔がこわばっている。口元が痛いほどだ。そして撮影場所を移動しながら庭を歩き回るうちに、心の傷も痛み出した。ハーコート家の庭は、潅木《かんぼく》と喬木《きょうぼく》をメインに、ところどころに花壇を美しく配置した見事なデザインだった。狭苦しいあばら家に育ち、福祉施設で思春期を送ったエデンは、いつか自分の土地を手に入れ、四季折折の美しさを生かした庭を作るのが夢だった。

その夢も今朝のジェフからの電話で、はるか彼方《かなた》に遠ざかってしまった。けれどもいつの日か……。エデンは心に誓った。いつの日か必ず手に入れてみせる。これならだれにも頼らずに自分だけで実現できる夢だから。

ようやくカメラマンがオーケーを出し、長い写真撮影が終わった。解放された一同はほっとした足取りで披露宴の会場へ歩き出した。あとは楽しいパーティだ。エデンはルークのエスコートがもう気にならなくなっていた。人と話しているほうが気が紛れていい。

「これで、いい子にしていたご褒美を頂けるかな？」ルークがおどけた口調で言った。

エデンはじろりとルークを見た。「まだ無傷でいるのがご褒美よ」

「じゃあ、それに乾杯しよう」ルークは通りがかったウエイターのお盆からシャンペンのグラスを二つ取り、にやにや笑いながらその一つをエデンに差し出した。「エデン、もっと気軽にいこうよ。今日はおめでたい日だ。僕たちも楽しもうじゃないか」

楽しむですって？　こんな気持でどうやって楽しめというのだろう。けれどもエデンは無理にほほ笑み、グラスを受けとった。「わたしたちの別々の人生に」

「そして一緒の晩に」ルークがすかさず言い返す。

「まだあきらめないつもり？」エデンは顔をしかめた。

「君はジェフとどこまで真剣なんだい？」

エデンの心にナイフがぐさりとつき刺さる。「たいして」彼女は顔をそむけながら言った。

「今日は来ていないんだね」

それはわかり切った事実だった。今朝、パースからの電話についてマーリーがエデンに尋ねたとき、ルークもその場にいた。おそらくそれで彼はエデンに狙《ねら》いをつけたのかもしれない。エデンは顔を上げ、表情一つ変えずに言った。「だから？」

「だからあきらめないのさ。少なくとも君が決断を下すときまではね」

何を決断するというのだろう。ジェフはわたしから去り、ルーク・セルビトは初めから遊びのつもりだ。それとも……。エデンの頭の中で小さな声が言った。初めから遊びと割り切って、ルークの誘いに乗ってしまおうか？　今日は心の傷を隠しとおさなければならないのだ。しかも、マーリーとレイが新婚旅行に出かけるまであと何時間もやり過ごさなければならない。

　エデンは心を決めた。にっこりほほ笑んでグラスを重ねる。「いいわ、楽しみましょう。でも怪我をしないようにせいぜい気をつけて」

「わかったよ」ブルーの瞳がきらりと光った。

　二人はグラスを口に運んだ。

　シャンペンはすばらしかった。マーリーとレイの幸福がさらに喜ばしく思え、同時に心の痛みが薄らいでいく。しばらくは絶望と涙から身を守ることができるだろう。披露宴が延々と続く間、エデンはグラスを口に運び続けた。ルーク・セルビーと楽しく過ごして気を紛らわそう。深刻なことは忘れるのだ。

　ジェフのことはほとんど思い出さなかった。思い出したら耐えられないのはわかっていた。やがてエデンはなんの痛みも感じなくなっていた。

3

エデンの意識は今、目を覚まそうとしていた。身動きしないで、注意深く目覚めるのよ。どこかで本能が警告している。目は固く閉じられていた。開けるのが億劫《おっくう》だったので、彼女はそのままにしていた。

混乱した頭の中にゆっくりと昨夜の記憶が蘇《よみがえ》ってくる。エデンは呻《うめ》き声を漏らした。まさか、そんなはずは……。肩のあたりに何か当たるものを感じて、彼女は不安になった。やっぱり！　もしそうなら、できるだけ早く今の状況から抜け出さなければならない。

エデンは瞼《まぶた》をこじあけた。朝の光が目に痛い。彼女は再び呻いた。目が痛いからではない。ルーク・セルビーが傍らに眠っていたからだ。黒い髪が乱れ、顎のあたりに影ができている。左肩がむき出しになり、逞《たくま》しい腕が羽根枕《まくら》の上に伸びていた。ありがたいことに、それ以外の部分は羽根布団に覆われている。

何も思い出したくない。エデンは思わず目をつぶったが、何とか思い直し、どうしてこんなことになったのか、ゆっくりと記憶をたどり始めた。

わたしがいけなかった。わたしが愚かだったのだ。ルークに言われてシャンペンを飲み続けたのではない。マーリーとレイが新婚旅行に出かけたあと、泣きわめいて醜態を見せたのもルークのせいではなかった。それに彼はわたしの身の上話やジェフとのいきさつを無理やり聞き出したわけでもない。ルーク・セルビーはいっさい強要しなかった。それどころか、優しく気遣ってくれた。とてもとても優しく……。その結果がこうだ。

初めは感謝の気持だった。ほかの客に見られないようにと、ルークはこの二階のゲストルームへ抱えてきてくれた。エデンはどうしようもなく取り乱していて、手の施しようがないほどだった。ほかの招待客の前でひどい醜態をさらしそうになった彼女を、彼が救い出してくれたのだ。

そしてエデンがベッドに横になれるように、ルークは張りのあるペティコートを脱ぐのを手伝ってくれた。そっと花の髪飾りを取ってくれたのも覚えている。それから鼻をかむためのティッシュを渡してくれた。優しい慰めの言葉をそっとささやきながら、頬の涙を拭《ふ》き、コップに水をくんできてくれた。彼は本当によくしてくれたのだ。

エデンが服を脱いでベッドに入れるようにと、ルークが部屋を出ていこうとしたとき、一緒にいてほしい、抱きしめてほしい、そして一人にしないでほしいと泣いて頼んだのは彼女のほうだった。そのときでさえ、ルークはとても紳士的に振る舞った。彼に落度はまったくない。

ルークは優しくエデンを抱きしめ、そっと髪を撫《な》でてくれた。彼女は逞しい肩に頭をもたせかけ、首のあたりに顔を埋めた。肌の温《ぬく》もりと力強さが伝わってきて、まるで優しい愛の繭にくるまれているような気持がした。

どのくらいの間、そんなふうに抱きしめられていたのだろう？　思い出すことができない。やがてルークはエデンの体をそっと離して、ベッドに寝かしつけようとした。しかし、エデンにしてみればそれは拒絶されるのと同じだった。彼女は、とんでもない行動に出た。思い出すだけで恥ずかしさのあまり顔が熱くなる。けれどもあのときは当然の行動に思えたのだ。

ルークはなんとかエデンをなだめようとした。〝今夜はいつもの君じゃない。そして僕は女性が酔っているすきをつくようなやり方はしない〟ルークの如才ない言葉に、エデンは激しくやり返した。自分のしていることはわかっている、わたしが欲しいなら正直に言うべきだ、正直でない男性は大嫌いだ、と。

唇を押しつけたのはエデンのほうだった。それからはもうブレーキがきかなくなった。そのまま一気につっ走りたかった。激しい熱情にすべてを忘れてしまいたかったのだ。それはジェフとの経験とまったく違っていた。さまざまな感覚がゆっくり呼び覚まされていくのではない。荒々しい欲望の炎がみるみるうちに全身をなめ尽くし、エデンは我を忘れて激しく燃え上がった。すべてを焼き尽くされるまで激しく……。思い出しただけでも身が縮む。

とても信じられない。しかも自分のほうからルークを誘惑するなんて……。しかし本当のことだ。エデンは、歓《よろこ》びが絶頂に達するあらゆる過程をむさぼるように楽しんだ。そしてついにルークの口から呻き声が漏れ、エデンの顔が彼の熱い肌にうずめられたとき、二つの満足した肉体は裸のままベッドに横たわった。エデンは、その余韻も楽しんだではないか。

裸のまま? エデンはぎょっとして目を開けた。そうだ、裸なのはルークだけではない。わたしも何一つ身につけていないはずだ。そして二人一緒にベッドの中にいる。もしルークが目を覚ましたら、彼の手はごく自然にわたしの体を探し、肌に触れてきて、そして昨夜の続きが始まる!

エデンは大きく喘《あえ》いだ。心臓が激しく鳴り出す。彼女はできるだけ羽根布団を動かさないようにしながら、ゆっくりとベッドの端に体を移動し、足を床に下ろした。物音をたてないよう、そっと起き上がる。ルークは眠り続けていた。

ベッドに眠るルークは身動き一つしない。エデンは彼に目をやり、それから視線を巡らせて、昨日の朝椅子の背にかけておいた服を見つけた。厚いカーペットの上を忍び足で取りに行き、そのまま部屋続きのバスルームに向かった。

できるだけ音をたてないようにドアを閉める。鏡に映った自分の姿が目に入って、エデンは思わずひるんだ。縦ロールの髪が歪《ゆが》んで垂れ下がり、顔は蒼白《そうはく》だ。唇が腫《は》れ、目は……とてもまともには見られない。エデンはシャワーの下に立って栓を全開にした。

長いこと彼女は全身をお湯に打たれるままにしていた。もし手で体に触れたら、ルークの愛撫《あいぶ》を思い出してしまいそうで怖かったからだ。どのくらいそうしていただろう。彼女はようやくそばに置いてあったシャンプーのボトルに手を伸ばし、髪を洗い始めた。それがすんだら今度は体だ。エデンはあくまでも機械的に手を動かした。できるだけ早く体を洗って服を着れば、それだけ早くこの状況から抜け出すことができる。

けれどもどうやって？　エデンはタオルで体を拭《ふ》き、服を着ながらいろいろな方法を考えた。何も言わずにそっと部屋を出てしまいたいが、こそこそするのはみっともないし、かえってルークが心配して彼女の雇い主のところに安否を尋ねてくる可能性がある。それに荷物をまとめてこの家を出る前に、ルークが目を覚ますことだって十分あり得る。

ごしごしと歯を磨き、何度も口をすすぐ。腫れぼったい唇に触れると、昨夜の激しいキスの感触が蘇ってくる。ルークはたしかに巧みだった。エデンは身震いした。もう二度と思い出してはいけない。

まだ濡《ぬ》れている髪を櫛《くし》で梳《と》かしながら、つぎにするべきことを考える。とにかくルークと話をしなくてはならないだろう。あれは一夜限りだということをできるだけ手短に、そして冷静に伝えなくては。エデンは自分でも顔がこわばっていくのがわかった。しかたがない。自業自得だ。それにしても、なんと愚かだったのだろう！

エデンは髪を後ろに束ねると、深呼吸をしてからバスルームを出た。ルークの姿勢はまださっきのままだ。ぐっすり眠っている。彼女はできるだけ静かに荷物をまとめ、部屋を片づけ始めた。

床のあちこちに散らばった二人の服が昨夜の騒ぎを物語っている。恥ずかしさのあまり、青白いエデンの頬が赤く染まった。彼女は急いで薄紫色のドレスをハンガーにかけた。パムがフラワーガールたちのドレスと一緒にこのドレスを古着屋に売ってくれることになっていた。こんなドレス、二度と着たくないし、見るのもいやだ。

今度はルークの服だ。触りたくない気持を抑えてきちんとベッドの端に並べる。床に置いておくよりは昨夜のシーンを想像させなくていいだろう。

そのとき、エデンはぎょっとした。もし妊娠していたらどうしよう！　頭の中であわてて日数を計算してみたが、ぜったいに妊娠していないとは言い切れない。どうか大丈夫でありますように。きっと大丈夫、と彼女は必死で自分に言い聞かせた。やっぱりジェフが言ったようにピルをのんでおけばよかった。彼がパースに出張していたから、つい先延ばしになっていたのだ。

ジェフ！　エデンは思わずその場に立ち尽くした。最後にジェフのことを考えたのはいつだったろう。あれはたしか、ルークがキスしてきたときだ。エデンは痛みが襲ってくるのを待った。しかし、なぜか何も起こらない。どうしたというのだろう？

ひき裂かれるような痛みを覚悟していたのに。一生その痛みが続くと思っていたのに。ジェフに裏切られた苦い思いはまだ残っているが、愛の抜け殻になったという気持はない。二本の足でしっかり立ち、一人で耐えている。

いや、それは正確ではない。ルーク・セルビーとの一夜が痛みを麻痺《まひ》させてくれたのだろうか。それとも、ルークとのことがもっとショックで、今は痛みを感じる余裕がないのだろうか。いずれにせよ、今の状況を切り抜けたら痛みは確実に戻ってくるはずだ。

エデンは窓際へ寄った。昨日の朝マーリーと二人で空を見上げた窓だ。違う道を歩んでも友情は永遠だと誓った窓だ。けれどもこんなに違う道になるとは、あのとき想像もしていなかった。見上げる空は澄み切って、雲一つない。時間を元に戻すことができたら……。けれども人生はそうはいかない。

ルークが寝返りを打つ音が聞こえて、エデンははっと振り返った。心臓が激しく打ち始める。ルークの腕がエデンの眠っていた場所へ伸びていき、つぎの瞬間、彼ははっとしたように頭をもたげた。見開かれたブルーの瞳は完全に覚め、部屋の中にエデンの姿を捜している。

逃げ隠れするつもりは初めからなかったが、ブルーの瞳にじっと見つめられるとエデンはまったく身動きができなくなった。心臓が破裂しそうで、考えていたせりふも出てこない。ルークはエデンの濡れた髪、だぶだぶのTシャツとジーンズ姿にすばやく視線を注ぎ、おおよその事情を理解したらしかった。

ルークは両肘をついて上半身を起こした。羽根布団が腰のあたりまで滑り落ちて止まる。彼は視線をエデンに据えたまま、ゆっくりと膝をひき寄せた。裸の胸には、喉のすぐ下まで黒い胸毛が広がっている。エデンの脳裏に昨夜の熱い記憶が生々しく蘇ってきた。

「おはよう、と言っていいのかな？　それとも君はとてもそんな気分になれないのだろうか？」ルークが静かに口を開いた。

エデンは大きく息を吸い込み、さっき必死で考えたせりふを喉から絞り出すように言った。「昨夜《ゆうべ》はごめんなさい。わたしが愚かだったわ。親切にしてくれてありがとう」

「親切？」ルークはエデンの言葉を皮肉たっぷりに繰り返した。口元にもブルーの瞳にも嘲《あざけ》りの色が浮かんでいる。

「そうよ」エデンは急いで言葉をついだ。「わたし、あんなふうに振る舞うべきじゃなかったわ。そう言っても人にはわかってはもらえないと思うけれど」

「エデン、僕が君の気持をわかっていないとでも言うのかい？」ルークの声は思いやりに溢《あふ》れていた。「マーリーは結婚してレイのもとへ去り、ジェフをも失った。君はたまらなく孤独になり、だれかを必要としていた」

エデンの目に涙がこみ上げる。「そうよ」彼女はやっとのことで答えた。ルークはすべてを理解してくれていたんだわ。感謝の気持で胸がいっぱいになる。やはりルークは親切心で付き合ってくれたのだ。

「でも、エデン」ルークの静かな声が続いた。「それだけで昨夜のことを片づけられないよ」

エデンは首を横に振った。「ルーク、わたしには説明できないわ。それに理解したいとも思わないの」

ルークがかすかに苦笑した。「そのほうがいい。成り行きにまかせるのが一番さ」

それはエデンの思惑と違っていた。ルークはここまで来たのだから今さらこの関係――肉体関係をやめる理由はないと考えている。恥ずかしさと屈辱感でエデンは全身が熱くなるのを覚えた。彼女はルークから目をそらしたいのをぐっとこらえた。ここで逃げるわけにはいかない。

「わたしはあなたと付き合うつもりはないわ」エデンはきっぱりと言った。「これ以上は何も起こらないの」

「君がそう言うなら……」ルークがしかたないと言うふうに肩をすくめてみせる。

「そうよ。ぜったいにそう」

昨夜のことは申し訳がたつわ。エデンは心の中で言った。でも、もう二度と間違いを繰り返すつもりはない。そうでないと、あの獣のような男に利用されるままだった母と同じになってしまう。もっともルークはずっと人間的で、あの男とは人種が違うが。

ルークの口元が歪んだ。「君はまるで黒い毒蜘蛛《ブラック・ウィドー》だな」

「それ、どういうこと？」

「雌蜘蛛《ぐも》は雄をさんざん弄《もてあそ》んだあげくに、用がすむと食い殺してしまうんだ」

エデンの顔がさっと赤くなった。「そんな言い方は失礼よ！」

ルークが再び肩をすくめる。「今朝の僕は利用されたという気持だよ。エデン、君は昨夜僕の与えたすべてを受けとった。そして今、僕を切り捨てようとしている。同じことじゃないか」

「そうじゃないわ」エデンは抗議した。

「それじゃあ、どういうことなんだい？」

「昨夜、あなたはわたしにとても親切だった」

「僕がそうしたかったからだ」

「ご褒美はちゃんとあげたでしょう？」

凍りつくようなブルーの瞳が、エデンを射るように見た。「それはどうもありがとう」

慇懃《いんぎん》無礼な口調にエデンは後ろめたい気持になった。あれだけ優しくしてもらっておいて、いきなり切り捨てるなんて……。ルークはプレイボーイどころか、生涯のパートナーに求めるすべてを持ち合わせていた。けれども、エデンの心は沈んだ。それは現実にはなり得ない。なぜなら現実のルーク・セルビーは、生涯のパートナーを求めてはいないのだから。

「この先どうなるの?」思わず未練がましい言葉が口をついて出る。

氷のような視線が和らいで、きらりと光った。「それは興味深い質問だね」

エデンはたちまち自分の言った言葉を後悔した。

「どうにもならないわね」彼女はルークに、というより自分自身に言った。

「僕はまだ何も先のことを約束してはいない」ルークは穏やかな声で言った。「けれども、君だって同じだ」

「わたしは何も約束するつもりはないわ」

「君は僕を必要としている」

「必要としてなんかいないわ」

「大切な人を失って君の心には大きな穴があいている。本当は大声で泣きたいんだろう? 隠そうとしても僕にはわかるよ。エデン、君には君を愛してくれるだれかが必要なんだ。そして今のところ、この僕が適任だと思う」

二人の視線が激しくぶつかる。「必要なとき、都合のいいときだけ愛し合うなんて、わたしには惨めな人生に思えるわ」エデンは毅然《きぜん》とした口調で言った。「いらなくなったら、今度はわたしをぽいっと捨てるつもりね?」

ルークは目を細めた。「僕が離婚していることにまだこだわっているのかい?」

「一年もしないうちに離婚したことが許せないの」

「けれどもそれは変えようがない」

エデンははっとした。ルークの言うとおりだ。過去を変えることはできない。過去を素直に受け入れ、そこから学ぶだけだ。わずかな期間の結婚生活からルークは苦い教訓を得たのだろうか? その結果が現在の彼なのだろうか——ちょうど過去の人生経験が現在のエデンの人生観を作り上げたように。離婚の原因をはっきり知っているわけではないのだから、本当は勝手にルークを責めるべきではないのだ。マーリーもそう言っていたではないか。もしかしたらわたしがジェフに捨てられたように、ルークも相手に裏切られたのかもしれない。

昨夜二人は、過去からも未来からも切り離された時空を共有した。なんの計画も立てず、約束もしない。ただ、一緒に過ごしただけ。いい関係だった。エデンにはそれを否定することはできない。そしてルークも同じように思っているに違いない。そうでなければ、わたしとこんな話をするはずはないからだ。

このままルークを拒み続けていいのだろうか? もう二度と出会うことのない何かを失うことにはならないだろうか?

「今日一日、一緒にいよう。港を船で案内してあげるよ」ルークは、エデンが弱気になったのを察したかのように提案した。

心が傾く。けれどもたとえ外に出たところで、二人とも昨夜の出来事を忘れるわけではない。ちょっと視線が絡まり、体が僅《わず》かに触れただけでもたちまち燃え上がってしまいそうなのだから。もし今日一日を一緒に過ごしたら、きっとベッドまで行ってしまうだろう。もちろん、ルークはそれが目的なのだ。そして興味が冷めたらそれでおしまい。ジェフと同じに決まっている。ルークに捨てられたら、ジェフのときよりもっとひどく傷つきそうな気がした。

「ごめんなさい」エデンは未練を断ち切るように言った。「一緒にはいられないわ。昨夜、わたしの面倒を見てくれてありがとう。お礼を言うわ、ルーク」エデンは彼の親切心と寛大さを踏みにじったことに対して許しを請う目でルークを見た。

ルークの表情を読みとるのは難しかった。失望、苛立《いらだ》ち、それともあきらめ？

「こちらこそ、ご褒美をありがとう」皮肉な言葉がエデンの心につき刺さる。

部屋を出るのよ。心が命令している。それなのに、エデンはなぜかひどくその場を去り難かった。視線をひきはがすように顔をそむけ、ゆっくりした足取りで荷物をまとめ、ドアに向かう。ルークの視線を痛いほど感じて、振り向きたい自分を必死に抑えた。ルーク・セルビーとはけっして幸せになれない。理性がそう叫び続けていた。

後ろ手でドアを閉め、階下に向かう。不思議なことに、心は麻痺《まひ》したように何も感じない。おそらくルークのことを考えたくないからだ。それに、ほかにもたくさん考えたくないことがあった。

プールの中庭に面した広い居間にパム・ハーコートの姿が見える。昨夜の披露宴で会食が行われた場所だ。パムは数人の掃除夫を指示してすべてを元に戻す作業にあたっていた。パムはルークより四歳年下で、レイより四歳年上だった。寛大で気さくで、双子の娘を持ちながらも美しいスタイルを保ち、黒髪はきれいなボブにカットして、はつらつとした印象を与えている。けれども、エデンが歩いてくるのを見ると、いつもの明るい表情がさっと消えた。

ルークが昨夜どこに消えたかを知っているんだわ。でも、わたしには弁解することができない。知らんふりするしかなさそうだ。パムが何も言い出しさえしなければ。エデンは大きく深呼吸すると、相手が口を開く前に話しかけた。

「パム、昨夜は突然消えてしまってごめんなさい。シャンペンの酔いが急に回ってしまって。お手伝いしなくてはいけなかったのに」

「いいのよ、エデン」パムがエデンの言葉を遮った。ブルーの瞳は冷ややかだ。「マーリーたちが出かけてしまってからは、別にこれといって用も残っていなかったしね。何かわたしにできることがあるかしら？　朝食でも？」

うわべだけの愛想。わたしがパム・ハーコートの機嫌を損ねたのは明らかだ。野心家の兄がとんでもない相手をベッドにひきずり込んだと思っているに違いない。しかもそれが彼女の家の中で行われたのだから、不愉快そのものだろう。たしかにマナーに反する行為だ。

エデンは再び頬が熱くなるのを覚えた。「いいえ、結構です。もう十分に親切にしていただきましたわ。それから……」彼女は急いで付け加えた。「マーリーによくしてくださって、本当にありがとうございました。それからわたしにも。心から感謝しています。書斎の電話をちょっと貸していただけないでしょうか。タクシーを呼びたいので」

「もちろんよ。それがいいわ」パムはすかさず言った。「もうあなたとはこれからあまり会う機会もなくなるわね。マーリーが結婚してしまったから」

やはり怒っている。パム・ハーコートの家では、保母は昨夜のエデンのように羽目を外してはいけないのだ。「本当に申し訳ありません」

「もうその話はやめましょう」パムがよそよそしい声でエデンの言葉を遮った。

おそらくパムは、わたしのことをルークに言い寄ろうとしたしたたかな女だと思っているのだ。「ありがとうございました」エデンはそれだけ言ってその場から立ち去った。

電話でタクシーを呼ぶとすぐに屋敷を出て、砂利の車寄せを歩き、通りに向かう。タクシーが来るまでの十分間はエデンにとって耐え難い長さだった。ようやく車がエデンの前に止まる。彼女は運転手の挨拶《あいさつ》を待たずに、後部座席のドアを開けて荷物を放《ほう》り込み、そのまま倒れ込むようにシートに身を投げた。雇い主の住所を告げると車が走り出す。エデンはほっとして目を閉じた。

ああ、やっとマーリーの結婚式が終わった！　マーリーにとっては人生最良の日だったかもしれないけれど、わたしにとっては人生で最悪の一日だったわ。

4

エデンの雇い主は、ハーコート家の住むセント・アイブスからさらに郊外に行ったワロンガに住んでいた。ワロンガは古くからある超高級住宅地で、並木通りには大きくて瀟《しょう》洒《しゃ》な屋敷が立ち並んでいる。

それらの屋敷は芸術的な趣向を凝らした美しい庭に囲まれていて、庭好きなエデンの目を何よりも楽しませてくれた。下の男の子のニッキーを乳母車やベビーカーに乗せて散歩に出かけるとき、エデンの心は弾んだ。

散歩から戻ったあと、美しいと思った花壇の配置や心に残った造園プランをときおりノートに書き留めており、そのノートをガーデンダイアリーと名付けていた。そこにはいつか自分の庭を持ったときに試してみたいアイディアがたくさん詰まっている。

けれどもタクシーの後部座席に身を沈めたエデンにとって、未来は空白だった。ついでに過去も消えてくれたらいいのに、と願わずにいられなかった。ジェフ・サウスゲイトもルーク・セルビーも過去の人間で、わたしの人生とはもうなんの関係もない。彼女は必死で自分に言い聞かせた。

タクシーがエデンの告げた住所の前で止まる。彼女はほっとした。急いで料金を払ってドアを開ける。一刻も早く屋敷の裏側にある自分専用の部屋に閉じこもって、一人きりになりたかった。

エデンは門を見上げた。彼女の雇い主は夫婦共にビジネス界で活躍している。夫のジョン・スタフォードは株のブローカー、妻のポーラはポーラ・マイケルソンの名前で売り出しているファッションデザイナーだった。二人とも財閥の出身で、裕福な暮らしぶりだ。

広大な土地に大きな二階建ての屋敷が建ち、テニスコートもプールもあった。そしてその奥のガレージにはロールスロイス、ローバー、大型のワゴン車、さらに二台のスポーツセダンが並んでいる。ガレージの二階は住み込みの夫婦のフラットになっていて、夫は運転手兼雑用係を、妻は料理を担当していた。さらに庭師と掃除婦が週に二度やってくる。スタフォード家の家事は万全の態勢だった。

エデンは彼女のフラットの専用口に通じる横の小道を歩き出した。もうすぐフラットに着くというとき、目の前の潅木《かんぼく》の茂みにテニスボールが飛び込んできた。そして、ドアに手を伸ばしたエデンの視界に、洒落《しゃれ》たテニスウェアに身を包んだポーラ・スタフォードがゆっくりこちらに向かって歩いてくるのが映った。ボールを拾いに来たのだろう。ポーラの赤みがかった褐色のショートヘアはどんなにテニスコートの中を走り回っても乱れることはないし、お化粧もまったく崩れない。

三十代前半だろうか、この小柄な女性の陰険な立ち振る舞いはしばしばエデンを苛立《いらだ》たせた。スタフォード家ではエデンを家族の一員として扱ってくれることはなかった。マーリーがハーコート家に受け入れられたのとは大きな違いだ。スタフォード家にとって、エデンは単なる保母にすぎなかった。階級が違うということだろう。エデンは階級によって差別するという考え方には反対だった。

人間の価値は財産で決まるわけではない。けれどもエデンの理屈がこの社会では通用しないのは明らかだった。スタフォード家の価値観からすると、エデンは最低すれすれのランクだ。

もしジェフに出会っていなかったら、とっくに辞めていただろう。ジェフがいたからこの辛《つら》い状況にも耐えられたのだ。それに地理的にマーリーの雇用先であるハーコート家にも近かった。それも今までは、の話だ。

「エデン！」ポーラは驚いて叫んだ。「今日の晩まで帰らないんじゃなかったの？」

エデンは無理にほほ笑みを作って答えた。「ミセス・スタフォード、今日はとても疲れてしまってどこにも行く気がしないので、まっすぐ帰ってきてしまったんです。結婚式って案外疲れるんですね」

「ああ、そうだったわ。例の結婚式に出かけたのよね」

ポーラのグリーンの瞳がおかしそうに笑っている。「それで、うまくいったの?」

「ええ、おかげさまで」エデンは短く返事した。

「ルーク・セルビーにエスコートしてもらうなんて、あなたにしてみれば夢のような出来事だったでしょうね」

エデンは表情を変えずにじっとポーラを見た。むらむらと嫌悪感がこみ上げてくる。

「とても親切にしていただきましたわ」エデンは毅然《きぜん》とした口調で答えた。親切すぎてベッドまで一緒に行ってくれたとポーラに話すつもりはこれっぽっちもない。

ポーラが声をたてて笑った。「さすがルークね。彼は社交上必要とあらば、どんなことでもこなす人なの。特に弟さんの結婚式のためならね」

保母とエリート銀行家の組み合わせは身分違いもいいところだ、と言いたいのだろう。そしておそらくルークも同じ考えに違いない。わたしとの仲もごく秘密にしておいて、友人に紹介するなどとんでもないと思っているのだ。やはりルークの申し出を断ってきたのは正解だった。〝行き止まり〟なのは明らかだ。

「それじゃあ、ゆっくり休むといいわ」ポーラはそっけなく言った。彼女の視線が濡《ぬ》れた髪とだぶだぶのTシャツにちらりと注がれる。「本当に疲れているみたいだから」

ポーラがボールを拾いに行ってしまうと、エデンはフラットのドアを開けた。ばたんと閉めたい気持をぐっと抑える。いつもならポーラの鼻持ちならない言動も軽く聞き流せるのだが、今朝は腹が立ってしかたがなかった。特にパム・ハーコートの冷ややかな態度に接したあとでは、ほとんど耐え難く思われた。

心機一転を計るときだ。エデンは心の中できっぱりと言った。スタフォード家の男の子二人を世話するようになって二年が経《た》つ。二年は長すぎた。もともとジェフとの婚約が正式になったら辞めようとは思っていたのだ。そのジェフが昇進のためにほかの女性に乗り換えたからといって、エデンがここにい続ける理由はどこにもない。

保母の仕事にも終止符を打ち、方向転換をするべき時期なのかもしれない。マーリーの人生も変わった。わたしの人生だって変わっていいではないか。

これまでエデンはさまざまな技術を身につけてきていた。独学で速記を習得し、コンピューターも操作できる。前にいた家の男の子がコンピューターに凝っていて、彼女にもずいぶん教えてくれたからだ。短期の集中コースでも受講すればすぐに上達するに違いない。ジェフも、ビジネスに関するエデンの理解力はすばらしいと驚いていた。

それに蓄えもある。何年もの間、エデンは給料のほとんどを貯金していた。転職するためにそのお金を使えばいい。自分への投資と考えればいいのだ。ただ、そうなれば、かなりの額を生活費に取られることを覚悟しなければならない。シドニーの物価はひどく高いので、今いる彼女専用のフラットのような場所に移ることはとてもできないだろう。

〝危険を冒さなくてはご褒美は手に入らない〟昨日ルーク・セルビーが言っていた言葉が

ふとエデンの頭に浮かんだ。ルークがそう言うのは構わない。それは、最低限の生活を強いられることなどない、人生に余裕がある人間の言葉だ。

エデンが今いるフラットは趣味よくデザインされ、住み心地も快適だった。ポーラ・スタフォードはファッションデザイナーとしてのプライドにかけて、保母の居住部分も含め、家の中すべてを芸術的にコーディネートしていた。色彩は赤褐色とベージュを基調とし、黒と濃いグリーンでアクセントをつけている。

エデンは大好きな観葉植物をあちこちに置いて自分らしさを加えたが、それ以外はほとんど持ち物はない。衣類と本とステレオ、それに好きな音楽のテープくらいだ。ほかには必要がなかった。テレビはいつも雇い主から与えられた。

フラットの間取りはシンプルで無駄がない。ここを出て同じような場所を借りようと思ったら、とても家賃が払い切れないのはわかっていた。居間の一方の壁にミニキッチンが取りつけられ、バーカウンターがラウンジとの仕切りの役目を果たしている。独立した寝室にはたっぷりと収納場所があり、小さいバスルームが続いていた。

エデンはこれらの空間を一人占めしているだけでなく、大型ワゴン車を自由に使うことが許されていた。たいていは子供たちの送迎用だったが、家族が使わないときは、夜や休日の外出時にも使わせてもらっていた。

もちろん、その見返りとしてスタフォード家はエデンにかなりの労働を要求した。夫妻の仕事や付き合いのスケジュールに合わせて、勤務時間以外にも子供たちの面倒を見ることになっていた。夜夫妻が出かけるときは、彼らが帰ってくるまで子供たちの寝室の隣の部屋で起きて待っていなければならなかった。もっとも、そこでテレビやビデオを見ることができたから、それほどの苦痛ではなかったけれど。

とにかくほかの仕事を探すことにしよう。エデンは心の中でそう決めた。転職が経済的に可能かどうかじっくり検討するのだ。何も急いで飛びつく必要はない。疲れ切っていたエデンはそれ以上具体的に考えることができなかった。

明朝七時までは休みだから、今日一日自由に時間が使える。エデンはバッグの荷物を整理し、朝昼兼用の食事を作ってテレビの前に腰を下ろした。必死で気を紛らそうとするのだが、食欲もなく、何も興味がわかない。時間がなかなか過ぎてくれない。

その晩ベッドに入ってから、もしルーク・セルビーと一緒に船に乗っていたらどんなふうだったろうと考えた。忘れようとしてもなかなか忘れられない。昨夜の出来事がまざまざと脳裏に浮かんでくる。一緒に過ごさなかったのは正しい選択だったわ。エデンは何度も何度も、繰り返し自分にそう言い聞かせた。

その週はゆっくり過ぎていった。スタフォード家の子供たちの世話で忙しかったものの、エデンは孤独にさいなまれ、ひどく気が滅入《めい》ってしかたがなかった。もう電話でマーリーとおしゃべりすることもできない。ジェフとのデートを心待ちにすることもなくなった。そして、ルーク・セルビーとの出来事が頭から離れない。これからどうするか、まだ結論が出ていなかったが、今の生活に対する不満がますますエデンの気を滅入らせた。

金曜日、マーリーから絵葉書を受けとると、エデンは思わず涙が出そうになった。書面にはつぎのように書かれていた。〈ウィットサンデー諸島を巡るクルーズは最高です。ジェフとの新婚旅行にぜひお勧めよ。珊瑚礁《さんごしょう》がすてきなの。お天気も最高。こんなに幸福だったことはないわ。あなたの言うとおり、レイはすばらしい夫だわ。愛をこめて。マーリー〉

マーリーの幸福を喜ばなくてはいけない。たしかに嬉《うれ》しいことは嬉しい。だが、なんとなく取り残されたように感じてしまう。それともジェフとの新婚旅行について触れられていたせいだろうか。とにかく何をしても心の穴を埋めることができない。

その晩、スタフォード夫妻は外出の予定がなかったので、エデンは子供たちを寝かしつけたあと、自分のフラットに戻った。いつもはほっとくつろげる空間なのに、ひどくむなしさが漂う。どんなに快適な家に住もうと――たとえ贅《ぜい》をつくした家であろうと――一緒に暮らす男性がいなければ、幸福は得られないのだ。エデンは重い足取りで寝室へ入り、ベッドに身を投げた。泣きはらしたい気分なのだが、惨めすぎて涙も出ない。

そのとき居間の内線ブザーが鳴って、エデンは起き上がった。おそらく夫妻は気が変わって外出することにしたのだろう。彼女は受話器を取り上げた。

「はい」できるだけ明るい声を出す。

「エデン」ポーラの声だ。「ルーク・セルビーから電話よ。今、切り替えるわ」

棘《とげ》のある響きだ。ポーラは使用人のために用を足すのがいやなのだ。たとえ電話を切り替えるだけでも。

かちりと音がして、エデンが驚く間もなくルークの声が聞こえてきた。

「エデンかい?」

「ええ」エデンの声はかすれた。

沈黙が広がる。

「寂しいかい?」

エデンは虚をつかれて嘘《うそ》をつくことができなかった。「ええ」

「僕もだ」ルークが穏やかな声で言った。「もう食事はすんだの?」

「ええ、少しだけいただいたわ」とはいえ、エデンはまったく食欲がなかった。

「迎えに行くよ。これから三十分後でどうだい? 食欲がなくてもレストランで僕と一緒に座っていてくれないか。ワイン一杯でも、コーヒーだけでもいいよ。君の好きにすればいい。エデン、一緒にいようよ。それだけだ」

「それだけ?」

「ああ」

エデンは思わず目を閉じた。どうしたらいいの。〝いいわ〟と言ってもいいかしら？

「ルーク、本当にそれだけなの？　おしゃべりをするだけ？」エデンは心をそそられた。

「そうだよ」

本気でそう言っているように聞こえる。ルークはいろいろな面を持っているが、紳士的なのも事実だ。無理強いはしないだろう。男が追いかけ、その先を決めるのは女――そう言っていた。

急に喉に熱いものがこみ上げてくる。愚かな選択だとは思ったが、エデンはなぜか今夜はそれも構わない気持だった。

「いいわ、ルーク」彼女はかすれた声で言った。

「二十分くらいで支度ができるかい？」

「どんな格好でも構わなければ」

ルークが低い声で笑うのが聞こえる。「ああ、構わないよ」

言い返す間もなく電話が切れる。エデンはぼうっとしたままゆっくり受話器を置いた。それから大きく深呼吸する。ルーク・セルビーと出かけるですって？　やっぱりわたしはどうかしているわ。でも、これで今夜は一人っきりで過ごさなくてもいい。そのことに気づくとエデンの心は急に明るくなった。

時間はあまりないが、変な格好はしたくない。ルークが連れていきそうなレストランを考えるとなおさらだ。今着ているジーンズとTシャツは論外。エデンはバスルームに駆け込み、大急ぎでシャワーを浴びた。その間に着ていく服を考える。

ドレスがいい。エデンは、ルークが彼女のドレス姿を褒めてくれたことを思い出して決めた。ただ、挑発していると誤解されて、その結果おしゃべりだけですまなくなったら大変だ。そのあたりのバランスを保つのが難しい。ドレッシーだけれども女らしさを強調しない服――そうだ、シルクのパンツスーツにしよう。

それは本物のシルクではなかったが、材質や感触は本物に近かったし、皺《しわ》にならないのが何よりだった。黒のアコーディオンプリーツの幅広のパンツは、じっと立っているときにはスカートに見える。上は黒とオレンジの花模様のジャケットで、ゆったりしたチュニック風のデザインが体の線を隠してくれた。中国服のような立て襟と七分袖《そで》の縁に黒があしらわれ、全体としてエレガントな印象を与えていた。

急いで体を拭《ふ》き、髪を小さく一つにまとめる。それから歯を磨いて唇にオレンジのリップグロスをつけた。服を着て、ゴールドのチェーンのついた黒のビーズのバッグを肩から下げ、黒のサンダルを履いて、五分後には準備が完了した。ベッドのそばの時計を見ると、あと二分ある。通りまで出ていよう。あとからスタフォード夫妻にいろいろ言われたくないし、ルークにはこのフラットに通じる通用門が見つけられないだろうから。

エデンはドアに鍵《かぎ》をかけ、外の通りまで歩いていった。彼女が通用門を閉めようとしたとき、ルークのジャガーが角を曲がってこちらに向かってくるのが見えた。軽く手を上げて合図をする。ルークの車は彼女のすぐそばで止まった。

急いで身支度を整えることにばかり気をとられていたので、ルークと顔を合わせる瞬間のことまでは想像していなかった。ルークをすぐ目の前にして、彼女の心臓は早鐘のように鳴り始めた。今夜はきれいに髭《ひげ》を剃《そ》っているが、紛れもなくあの晩、隣の枕《まくら》に横たわっていたあの顔だ。三つ揃《ぞろ》いのビジネススーツを着込んでいても、エデンにはその下の逞《たくま》しい裸の体がまざまざと思い出された。

ルークは車のボンネット越しににっこり笑った。「君は時間に正確なんだね。でも、通りに出て待てと言ったつもりはなかったんだよ」

「あなたが正面の門から入るのを止めたかったの。スタフォード夫妻が出てくることになるから」

車の反対側に回ってエデンのためにドアを開けながら、ルークは訝《いぶか》しげな表情になった。「エデン、君は正面の門から出入りできないのかい？」どうやら憤慨しているらしい。

エデンの頬が赤らんだ。ルークとの階級の差がひどく意識される。「ええ。少なくとも、プライベートのときはだめよ」彼女はあわてて付け加えた。「わたしのフラットに通じる通用門があるの。でも、あなたには見つけられないだろうと思って」

「なるほど」ルークは納得がいったように再び笑った。助手席のドアを開けるブルーの瞳が喜びに輝いている。「その格好、とても間に合わせには見えないよ」

「苦労したもの」エデンはさらりとかわした。そして内心、苦労してよかったと胸を撫《な》で下ろしていた。ルークの仕立てのよさそうなピンストライプのネイビーブルーのスーツは品よく体になじんでいて、白のシャツと、赤と紺の縞《しま》のシルクタイも高級そうだ。

そんなエデンの視線に気がついたのだろう。ルークが落ち着いた声で言った。「エデン、本当は格好なんてどうでもいいんだ。僕はただ君と一緒にいたかっただけだから」

エデンは車に乗り込む足をふと止めて、もう一度ルークの目をじっと見た。「どうして？　ルーク、どうしてわたしなの？」

ルークはしばらくじっと考え込んでから、わかってもらえるかどうかいささか自信がない、といった様子で答えた。「君は嘘《うそ》をつかないから」それから彼の口元が嘲《あざけ》るように歪《ゆが》んだ。「これで納得がいくかい？」

エデンはゆっくり頷《うなず》いた。おそらくルークは仕事上、常に賢く計算高く振る舞い、自分を抑え、人を操らなくてはならないから、どこかで息抜きを必要としているのかもしれない。「でも、ルーク、わたしたちは正反対よ」

「だからこそ惹《ひ》かれ合うのさ」

「なるほどね」エデンはほほ笑んだ。「電話をくれてありがとう」

「一夜限りの友達、かな？」

「少なくとも寂しくはないわね」

ルークが車を止めたのはホーンズビーの近くのレストランだった。二人は角のテーブルに案内された。かなり客が入っているが、その席だと比較的落ち着いて話ができそうだった。すべてのインテリアが甘いピーチ・カラーとミントグリーンで統一されている。テーブルはかなり間をあけて配置され、椅子もゆったりしていた。リチャード・クレイダーマンのピアノ曲が会話の邪魔にならない程度に流れている。メニューはフランス料理だった。

エデンは何も食べないと悪いと思って、オニオンスープを頼んだ。ルークはフルコースにボルドーワインを注文している。ウエイターが行ってしまうと二人はリラックスして椅子にもたれかかり、好奇心いっぱいにお互いを見た。親密な他人――エデンは心の中でつぶやいた。ルークの頭と心の中でいったい何が起こったのだろう？

「エデン、君は自分が女であることを恨んでいるのかい？」

「どうしてそんなことをきくの？」エデンは思いがけない質問に驚いた。

「別に」ルークが僅《わず》かに苦笑した。「ただ、今週君のことをずっと考えてて、思ったんだ。君は美しい女性だ。それなのにその美しさを利用しないで、むしろ否定しようとしている」

「そのほうが面倒に巻き込まれなくてすむもの」

ルークは顔をしかめた。「君は僕を恐れていないね」

「ええ」エデンは皮肉っぽくほほ笑んだ。「だって、あなたはわたしに飛びかかってはこないでしょう?」

「それじゃあだれが飛びかかったんだい?」ルークの目がきらりと光る。「それに、いつごろ?」

エデンはため息をついた。暗い過去を今さら思い出したくない。「だれも飛びかかってきたりしなかったわ。でもそういう光景を何度も見たわ。だからわたしは自分で自分の身を守ろうと決めたの」

ルークが言葉を選びながら静かに尋ねた。「君は虐待を受けて家出したって言っていたね。それはそういう意味も含まれているのかい?」

エデンは身が縮む思いだった。答えたくない。思い出したくない過去に触れるから。けれども、同時にルークに誤解されたくもなかった。彼女は大きく息を吸い込み、事実を話し始めた。

「わたしじゃないの。そういう目にあったのは母よ。何度もあの……」エデンの顔が僅かに歪む。「内縁の夫って呼ぶのかしらね。母はその男にひどい扱いを受けたわ。ありとあらゆる意味でね。けれども母は一人では暮らしていけないと思い込んでいたのね。けっして別れようとしなかった。わたしは母を助け、できる限りのことをしたわ。でも、わたしが十二歳のとき……」

ルークの口から押し殺したような声が漏れる。

エデンは同情をはねつけるようにルークを見た。

「わたしは成長するのが早かったの。母を虐待していたあの獣《けだもの》は、わたしに目をつけるようになったわ。わたしは母に対するあの男の振る舞いを何度も見ていたから、あいつの考えていることはすぐに想像がついた。あの男を止められないことはわかっていたから、家出したの。その結果、わたしは警察に保護され、福祉施設に入れられたわ」

「頼る親戚《しんせき》はいなかったのかい？」

「母の両親も離婚していたの。みんなばらばらに散らばっていて、だれがどこにいるかなんて知らなかった。母もだれとも連絡をとっていなかったし。わたしは母が一晩だけ付き合った大学生との間にできた子供なんですって。母は相手の名前も覚えていなかったわ」

「それで、君のお母さんは今も生きているの？」

エデンは首を横に振った。「わたしが家出して一年くらい経ったころ、階段から落ちて首の骨を折って亡くなったわ。少なくともそれが警察の発表だった」

「異議を唱えなかったのかい？」

「だれも子供の言うことになんか耳を傾けてくれないわ。それより自分の身を守るほうが先決よ」

ルークが頷いた。「そして君はマーリーの面倒も見るようになった。そうだったね？」

エデンは大きくため息をついた。「マーリーはお祖母《ばあ》さんが亡くなったとき、福祉係の人に連れられて施設に来たの。純真すぎて、だれか守ってあげる人間が必要だったわ」

「マーリーの両親は？」

「さあ、どこにいるのやら」

「それで君が保護者をかって出たんだね」

「マーリーは本当に素直ないい子だった。ちょうど……」エデンは自嘲《じちょう》するような口調で付け加えた。「わたしもあんなふうだったらよかったのに、と思うような子だったわ」

ルークの目に温かい賞賛のまなざしが浮かんだ。

「マーリーは君という、頼りがいがあって、しかもいろいろ教えてもらえる存在を得て、本当に運がよかったんだな」

「マーリーだってわたしにたくさんのものを与えてくれたわ」エデンは急いでマーリーを弁護した。

「ああ、わかっている」

ワインが運ばれ、グラスに注《つ》がれる。続いてオニオンスープも運ばれてきた。熱々のチーズが少し冷めてから口にした。格別のおいしさだ。食欲がなかったはずなのに、エデンはつぎからつぎへとスプーンを口に運んだ。

「おいしかったかい?」ルークは空になった皿を見てほほ笑んだ。

「ええ、とてもおいしかったわ。このレストランにはときどき来るの?」

「二度ほど来たことがあるんだ」

だれと来たのかしら? わたしを誘うところをみると、恋人はいないのだろう。それとも決まった相手を作らない主義なのだろうか? 気が向いたときにだけ遊びの相手を選ぶのかもしれない。

ウエイターがスープの皿を下げてしまうと、ルークはワイングラスを持ち上げ、少し回してから一口含み、それから色を吟味するように見た。「保母になるというのは君のアイディアだったのかい? それともマーリーのかな?」

「わたしのよ」エデンは内心得意になって答えた。

「マーリーのために?」

「いいえ、二人のためよ」

「でも君なら、子供の面倒を見るよりも、もっといい仕事ができただろうに」

エデンはむっとした。「わたしは子供の面倒を見るのはとても大切な仕事だと思っているわ」

「でも本当にそれが君の希望なのかな? 結婚するまでは他人の子供の面倒を見る。そして結婚して自分の子供が生まれたらその子供の面倒を見る。それが君の目指すものなのかい?」

エデンの顔はこわばった。自分の自立心に対するプライドが黒い瞳の中に燃えている。

「ルーク、この世には望んでもチャンスを得られない人間がたくさんいるわ。与えられた状況で精いっぱい生きているのよ。わたしは保母としては一流だと思っているわ。だから見くびらないでちょうだい」

「そういうつもりで言ったんじゃないよ」ルークがあわてて言った。「僕はもっと根本的なことをきいたのさ。君は一生保母をしたいと思っているのかい?」

「いいえ」エデンの口から強い言葉が漏れた。まだつぎの仕事を具体的には決めていなかったが、一生ポーラ・スタフォードにこき使われることを想像しただけでぞっとする。

ルークのブルーの瞳がやっぱり、という表情になった。「さっき君はチャンスという言葉を使ったね。もし魔法使いのおばあさんが願い事を三つかなえてあげると言ったら、エデン、君は何を望む?」

エデンは思わず笑った。「どんな願い事でもいいの?」

ルークが頷いた。「ああ」

「まず、ありのままのわたしを愛してくれて、わたしと人生を共にしたいと思ってくれる男性と暮らしたいわ」

「孤独にさようなら、というわけだね」ルークがほほ笑んだ。

「そうよ」

「それから？」

「それから、快適に暮らせて好きなことができるだけのお金が欲しいわ。たくさんじゃなくていいの。生活の心配をしなくていい程度で十分よ」

「そのお金で何をしたいんだい？」ルークは興味津々に尋ねた。

この人には予想もつかないだろう。エデンは心の中でにやりとした。「美しい庭を作りたいの」

ルークの目に驚きの色が浮かび、それから感心したようにエデンを見た。「君は美しいものがわかるんだね」

「もちろんよ。みんなそうじゃなくって？」

「たいていの女性は服や宝石にしか関心を示さないよ」

そのとき、ウエイターがルークのメインディッシュを運んできて、会話はしばし中断した。

「それで」ウエイターが行ってしまうと、ルークはエデンを促した。「三番目の願いは？」

エデンは少し考えてから答えた。「夫とわたしの健康を祈るわ。一緒の人生を楽しめるように」

「なるほど」

「それじゃあルーク、あなたの願い事は？」今度はエデンが尋ねる番だ。

「まあ、君と似たようなものさ」ルークの目がいたずらっぽく輝いた。

「それはずるいわ。ちゃんと答えてよ」

「たいていの人間は名声や仕事の成功や巨万の富を求めるだろうと思うけれど、僕は違うな。もうそんなものは欲しくなくなったよ」

「でも、仕事で成功を収めたいと思わないの？」

「もう十分成功しているから、わざわざ願うまでもないんだ」

「それじゃあ、何をお願いしたいの？」

「このレストランから人を全部追い出して、テーブルの上で君と愛し合いたい」

エデンの体が熱くなった。頬が赤くなるのがわかる。「今夜はおしゃべりだけの約束でしょう？」

「ああ。でも、だからといって、それを願ってはいけない理由はないだろう？」

エデンはゆっくり深呼吸した。落ち着くのよ。彼女はグラスを口に運んだが、ふとシャンペンを飲みすぎた晩のことを思い出してあわてて唇を離した。

もう二度とあんなことを繰り返してはならない。彼女は、ルークが魅力的でなければよかったのに、と思わずにいられなかった。ルークといると、ついはかない夢を見てしまう。

彼女はテーブルに視線を落とし、ワイングラスを弄《もてあそ》んだ。

ルークの食事が終わるころ、エデンはようやく落ち着きを取り戻した。「おいしかった?」エデンは顔を上げてルークを見た。

「実を言うと、味はほとんどわからなかったな」ルークが苦笑してみせる。

「もったいない話ね」

「また食べに来たらいいさ」

「恵まれているのね」

エデンは冷ややかに言ってしまったことをひどく後悔した。きっとルークはわたしのひがみととったに違いない。そんなつもりで言ったのではないのだが……。

ルークはしばらく考えるようにエデンを見ていたが、やがてためらいがちに口を開いた。

「君の願いを一つかなえてあげられるよ」

エデンはどぎまぎした。ルークが彼女の反応を待っている。「美しい庭?」彼女はわざと明るさを装った。

「お金さ」

「それは遠慮させていただくわ」エデンはそんなことには取り合わないという口調で答えた。

けれどもルークはひき下がらない。「身勝手な提案だというのはわかっているんだ」

エデンはブルーの瞳にじっと見つめられて、ますます落ち着かなくなった。「どうしてそんな提案を?」

「そうすると僕にも欲しいものが手に入るからさ」

「ずいぶん正直に言うのね」

「ああ」

「それで、あなたの欲しいものっていうのはなんなの?」

「エデン、僕と一緒に暮らしてほしい」

5

エデンは自分の耳を疑った。唖然《あぜん》としてルークの顔を見る。わたしをあきらめていないとは感じていたけれど、まさか一緒に暮らしたいと言い出すなんて思ってもみなかった。

「僕は嘘《うそ》はつかないし、将来について君に淡い期待を抱かせるつもりもない」ルークは静かな声で続けた。「僕には結婚する意思はない。けれども一緒に暮らしてくれる限り、君の経済的な面は保証するよ。君は好きなことをすればいいし、仕事もしたければしても構わない。束縛はいっさいしない」

「わたしをお金で買うつもりなの？」エデンは嫌悪感におそわれた。

「いや、そうじゃない。僕は君と人生を共にしたいんだ。そして、君にもそう思ってほしい。君の第一番目の願い事のようにね。二番目の願いもかなえてあげられる。それから、健康に関しては約束はできないけれど、僕はほとんど病気をしたことがないんだ。どうだい？」

エデンはルークの目を探るように見た。からかっているわけでもばかにしているわけでもない。今の言葉をそのまま受けとってほしい、とひたすら願う気持が伝わってくる。

「エデン、僕と暮らしてほしい」

「どうして？」エデンはまだ信じられなかった。わたしともう一度ベッドを共にしたいと考えているのは知っている。けれども、人生まで共にしたいだなんて……。

「どうしてなんて考えたことはないよ」ルークは肩をすくめてみせた。「君の姿を見て、歩くのを見て、話すのを聞いて、この女性と暮らしたいと思ったんだ」

「そんなに単純に？」エデンにはまだ信じられない。

「ああ、男とはそういうものだよ」

エデンは、わからないという表情で首を横に振った。わたしを愛しているのかしら？ルーク・セルビーのようなお金持が、しがない保母に恋をすることなどあり得るだろうか？　もしかしたら気に入った遊び相手を家に住まわせる趣味があるのかもしれない。

「もしわたしがノーと言ったら？」

「きっとひどくがっかりすると思うな」

「でも、だからどうということはないでしょう？」

「しかたがないさ。きっぱり断られたらそのときはあきらめるしかない」

ルークはあまり失望した様子ではない。それでもエデンは悪い気はしなかった。思いがけない話ではあるけれど、そこまで望まれると悪い気はしない。ただ、ルークが初めから念を押したように、この話には未来がないけれど。

もしわたしがイエスと言ったら？　彼と一緒に暮らせばもう一人ぼっちではなくなる。エデンはルーク・セルビーが好きだった。親切で寛大で、彼女の気持をよく理解してくれる。体の相性もよかった。これは無視できない事実だ。これだけの男性にはもう二度と出会えないかもしれない。一緒に暮らすことになれば、まったく新しい世界が開けるだろう。ベッド以外にもいろいろなことを共有できるはずだ。いろいろなことって？

「わたしたちには共通項がないわ」エデンはゆっくりと言った。

「それはこれから見つけていくのさ」ルークはあくまでも説得しようという意気込みだ。

エデンは笑ってしまった。なんて自信家なのだろう。どんな困難も克服できると本気で信じているようだ。それでもいつか必ず、わたしが彼の人生に似合わないことを悟るだろう。さまざまな面で身分の違いを実感するはずだ。そのとき、わたしはどう感じるだろう？

やはりノーと言うべきだわ。誘われたときと同じように、簡単に捨てられるに決まっている。調子に乗ってあとから痛い思いをするのはいやだ。どんなにルークが魅力的でも、しょせんこの話は彼の気紛《きまぐ》れ。いい方向へ行くはずがない。

「どうだい？」

「お申し出にはお礼を言うわ。でも……」

「答えはノー、かい？」

「残念ながらそうよ」

「気持は変わらないかな？」

「ええ、変わらないわ」

ルークは苦笑した。「僕としたことが、いったいどこで失敗したのかな？」

エデンもつられて苦笑した。「さあ、わからないわ。きっと失敗したのはわたしのほうよ」

「どうして？」

「わたしがだれかの愛人になるなんて、想像したことがなかったから」

「パートナーだよ」ルークは顔をしかめながら訂正した。

「でも、わたしはあなたのパートナーにはなれっこないわ」エデンは静かな声で言った。「パートナーというのは妻のことを言うのよ。あなたがわたしに提供しているのは、愛人の座でしょう？　あなたの友達だって、わたしの素性を知ればきっと軽蔑《けいべつ》するわ。そんなことは、たとえあなたがわたしにどんなものを提供してくださろうと、わたしのプライドが許さないの」

「僕の友人たちは君を美しい女性として受け入れるはずだよ」ルークが反論した。

「ベッドに連れていくのにぴったりだって？」

エデンのおどけた言葉にルークは厳しい表情になった。「もしだれかが君に対して見下すような態度をとったら、そいつとは絶縁するよ」

「ルーク、あなたはわたしをそんなにしてまで手に入れたいの？」

「ああ、そうだ」

「驚きだわ」エデンはルークの断固とした言葉に圧倒されて首を横に振った。

「自分でも驚いているよ」ルークの口元が僅《わず》かに歪《ゆが》む。

「でも、結婚は二度としないんでしょう？」

たちまちルークの顔がこわばった。目に冷たい色が浮かぶ。「エデン、僕は一度経験してわかっているんだ。もう二度と思い出したくないほどひどい目に遭わされた。だから結婚はしない。少なくとも相手の女性の言うなりにはならないよ」

「子供のためにでも？」

「子供がいたらなおさらだ」

「なるほどね」

「そうかな？」ルークは皮肉めいた笑いを浮かべた。「本当にわかっているとは思えないね」

「それじゃあ、教えて」

「だめだ」ルークはきっぱり言った。「エデン、僕は君にすべてを与える。そのかわり君はこの僕を受け入れなくてはならない。僕もありのままの君を受け入れるから。それが条件だ」

ウエイターがやってきて、ルークの皿を下げながらデザートを勧める。エデンは首を振った。ルークの話が気になってデザートどころではない。彼女はコーヒーだけ注文した。

そしてウエイターが行ってしまうと、すぐに口を開いた。

「あなたって、いつもこんなに厳しい条件で取り引きをしているの？」

ルークはエデンの質問の意図を探りながら、真剣な表情で身を乗り出した。「エデン、僕は君を騙《だま》したくない。君がまだ、結婚が愛と平穏な生活を保証してくれると信じているのなら、一つ教えてあげよう。人生にはぜったいの保証なんてあり得ない。祭壇の前で交わされる誓いの言葉は偽善に満ちていて、本当はだれも信じてなんかいないんだ。言葉だけで、お互いに本気でそう思って言っているわけじゃない。僕はそんなのはごめんだね」

「危険を冒さなくてはご褒美は手に入らない、だった？」エデンがほほ笑んだ。

「エデン、君は今までたくさんの可能性を閉ざされてきた。でも僕のドアは開いているよ。ちょっと入ってみないか？　気に入るかどうか試してみればいい」

「もし気に入らなければ？」エデンはそう言ったものの、内心、気に入るに違いないという気がしていた。

「そのときは出ていってくれて構わない」

「もし、あなたがわたしに出ていってほしくなったら、どうするの?」

「君がどこかに落ち着くまでの面倒は見るよ」

なるほど、フェアだわ。ルークにそれ以上の義務はない。ルークの興味をひきつけておけるのも、おそらくそれほど長い期間ではないだろうけど、しばらくは彼と一緒に暮らせる。捨てられて傷つくとわかっていながら、あえてやってみる価値があるだろうか?

「ずいぶんよく考えた話なのね。きっとこれまでに何度も試しているんでしょうね」エデンは重い口調で言った。

「いや、一度もない」

エデンは驚いて顔を上げた。

「一緒に住んでほしいと頼んだ女性は、君だけだ」ルークはテーブル越しにエデンの手を握った。「こんなに一人の女性を手に入れたいと思ったことはないんだ」

ルークの手の温《ぬく》もりがエデンの体の芯《しん》まで伝わってくる。彼女の心は揺れた。「ルーク、あなたってなかなかあきらめないたちなのね」

「これだけ大切なことはそう簡単にはあきらめないよ」ルークは揺らぎかけたエデンの気持を見抜き、誘うようにほほ笑みかけた。「どうだろう? イエスと言ってほしいな」

「お願いよ。話題を変えましょう」エデンはかすれた声を絞り出した。「こんな突拍子もない話、わたしは聞いたことがないわ」

運よくそのときコーヒーが運ばれてきて、エデンはほっとした。

けれどもルークはまだあきらめない。ウエイターが行ってしまうと、彼は口元にかすかに満足げな表情を浮かべながら言った。「今すぐに返事をしたくないというのなら、それでも構わないよ。エデン、君に一週間時間をあげよう。僕もこの一週間じっくり考えたからね。公平にいこうじゃないか」

「どうもありがとう」エデンはそう答えてから、思わず吹き出した。こんなばかな話ってあるかしら！「一週間考えさせてもらうわ。その間にあなたのほうの気が変わるかもしれないしね」

しかし、ルークはその言葉に取り合う様子もなかった。「今度は庭の話をしよう。君はどんな庭が好きなんだい？」

二人はジャガーがスタフォード家の横の通りに止まるまで庭の話を続けた。

「ドアまで送っていくよ」ルークはそう言ってすばやく車を降りた。助手席側へ回ってドアを開け、エデンの手を取る。

エデンはどぎまぎした。おやすみなさいを言う瞬間はいつも心が揺れる。今夜はおしゃべりだけのはずだが、始末の悪いことに、抱き寄せてキスされたいと思っているのは、彼女のほうなのだ！　まさかそんなことを口にはできない。

「今度の休みはいつだい？」通用門を開け、並んで小道を歩きながらルークが尋ねた。

「月曜日の夜までは無理よ。結婚式のために先週の週末に休みをとったの。だから……」

「それじゃあ、月曜日の夜に迎えに来るよ」

「なんのために?」

「君に会うためさ。一緒にいるためだよ。そうしたいんだ。いけないかい?」

「だって、考える時間を一週間くれるって……」

「もちろんだよ。ただ、君の気持を僕にひきつけようと思ってね」

「どうやって?」

「君にとってなくてはならない存在になるのさ」

「それって、フェアなやり方かしら?」

「残念ながら、フェアじゃないね」

フラットに着くと、エデンは鍵穴《かぎ》にキーを差し込んだ。ドアを開いて中に入り、居間の明かりをつけてから急いで入口に戻った。「ルーク、今夜はありがとう」

ルークは一瞬ためらった様子だったが、一歩後ろに下がって軽い投げキスを送ってよこした。「僕のことをずっと考えるんだよ」

足早に小道をひき返していくルークの後ろ姿を見送りながら、エデンは彼が約束を守ったことにひどく失望感を覚えた。ベッドに入ったあとも、もどかしい気持のせいでなかなか眠ることができない。わたしはルーク・セルビーが欲しい。ジェフ・サウスゲイトなどよりもずっと激しく求めている。いったいどうしたというのだろう？　エデンは不安になった。わたしはルークを愛してはいないし、彼もわたしを愛しているとは思えない。それなのにどうしてこんなにも彼を欲しいと思うのだろうか？　愛についてもう一度考え直す必要がありそうだ。

もしルークと一緒に暮らしたら、わたしは彼を愛してしまうに違いない。そうなったらわたしはどうなるのだろう？

6

その週末、エデンの気持はルークの話を受け入れるかどうかで激しく揺れ動いた。ポーラ・スタフォードがルークからの電話について探りを入れてきたことで、エデンは余計に混乱してしまった。

「ミスター・セルビーからの電話は、例の結婚式についての用件だったの？」

さりげない口調だが、電話の取り次ぎ役をさせられたことにかなり腹を立てている様子だ。友人であるわたしを差しおいて保母に電話をしてくるなんて、と思っているのだろう。

「いいえ」エデンは一言だけ答えた。

ポーラはその続きを待ち構えている。ちゃんとした説明を受けて当然、と言わんばかりだ。仕事時間以外に何をしようと、雇い主には関係ないのに……。

エデンはぴしゃりと言い返したい気持をこらえ、簡潔に答えた。「一緒に暮らさないかって」

ポーラは呆気《あっけ》にとられ、続いてしかめ面になった。ルーク・セルビーともあろう人間がただの保母などとは付き合うべきではないし、それに保母のほうもルークのような階級の人間と交わろうとするのは身の程知らずだ、と言いたいのだ。

なんて俗物なのだろう！　エデンは怒りを覚えた。とはいえ、たいていの人間はポーラと同じような反応を示すはずだ。パム・ハーコートもそうだった。マーリーはどう思うだろうか？　自立をめざした生き方から百八十度違う道を選ぶことになるのだから。やはりそんなことはできない。もうルークとは会わないほうがいいのだ。甘い話には乗るべきではない。

けれども、その甘い話がますます魅力的に思えるのも事実だ。ルークの住む世界を味わってみたい。たくさんの可能性が開ける絶好のチャンスではないか。わたしはまだ二十四歳、愛する人と出会って家庭を築くのはもっとずっと先の話だ。

月曜日の朝、エデンは薬局へ出かけ、万が一に備えてピルを処方してもらった。妊娠しないための自己防衛策だ。ルークの話を受け入れる決心をしたわけではなかったが、もしそう決めたときにはぜったい間違いがあってはいけない。

その晩、ドアをノックする音にエデンの心は激しく高鳴った。ドアを開けると、仕立てのいいスーツに長身を包んだハンサムなルークが立っていた。ブルーの瞳がはっとするほど魅力的で、本当に恋してしまいそうだ。

ルークはほほ笑みながらエデンの唇に軽くキスをした。

エデンはどぎまぎした。急いで居間に戻ってつけてあったテレビを消し、ルークの方を振り向く。

「何をしましょうか？」

「君の好きな庭を案内してほしいな」

「夜なのに？」

「満月が出ているよ」

満月の夜に散歩だなんて、ロマンティックな気分になったらどうしよう。エデンはぎこちなく笑いながら尋ねた。「本当に庭に興味があるの？」

「君の好きな庭にね」ルークは熱心に言った。「僕は君のすべてに興味があるんだ」

「わかったわ。でも庭以上のことを期待しないでね」エデンは釘《くぎ》をさした。

夜の庭を見て回りながら、二人はさまざまな造園のデザイン効果について話し合った。それから再びフラットへ戻る。エデンはコーヒーをいれ、チーズトーストを作った。二人はバーカウンターの前に腰かけ、今見てきた数々の庭の魅力についてさらに話し続けた。けれども、二人の視線は違うことを語り合っている。親密な感情が静かに高まっていった。

「明日の晩は空いているかい？」コーヒーを飲み終えたルークが尋ねた。

「今のところは。でも水曜日の晩はスタフォード夫妻が出かける予定なの」

「明日の晩は大丈夫なんだね」

「ええ」

「それじゃあ、迎えに来る」

ルークはエデンに軽くキスをしただけで、それ以上のことをしようとはしなかった。火曜日の晩も同じだった。別れ際に木曜日の都合を尋ねる。エデンがかすれた声で「いいわ」と答えると、彼女の頰をそっと撫《な》でた。

「迎えに来るよ」

足早に小道を帰っていくルークの後ろ姿をじっと見送りながら、エデンはまだ彼の手の感触の残る頰にそっと手を当てた。わたしは彼に恋している。愚かで、身の破滅につながることだとはわかっている。けれどももう手遅れだ。こうしている今でさえも、もし捨てられたらと思うと耐えられない気分になるのだから。わたしの未来はどうなるのだろう？

翌朝、ポーラ・スタフォードが仕事に出かける直前にエデンに声をかけた。「エデン、今夜ジョンとわたしが出かけることをまさか忘れてはいないでしょうね」棘《とげ》のある響きだ。

「はい、ミセス・スタフォード」

「居眠りなんかしないでよ」

明らかにエデンが二晩続けてルークと会ったことへのあてこすりだ。彼が帰ったのは二晩ともそれほど遅くはない。彼女自身十二時前にはベッドに入っていた。もっともすぐに眠れたわけではないが……。ジェフが訪ねてきたときは何も言われなかったし、仕事時間外ならフラットに人を招き入れてもいいことになっている。やはり相手がルークだから機嫌が悪いのだ。

「仕事に対する責任は心得ているつもりですわ、ミセス・スタフォード」エデンはこわばった表情で答えた。

「そう願うわ」

吐き捨てるようなポーラの口調に、エデンは軽蔑《けいべつ》の念を抑えることができなかった。やはり転職しよう。もう保母の仕事はごめんだ。

その夜、スタフォード夫妻が帰ったのは午前一時を過ぎていたが、エデンは眠そうな顔一つ見せなかった。ポーラは彼女を睨《にら》みつけ、冷たくおやすみと言っただけだった。ベッドに入ると、エデンはこれから先のことをあれこれ考えたが、結論が出ないまま、いつのまにか眠ってしまった。

しかし、翌日の夕方、思いがけないところから結論が出ることになった。ポーラ・スタフォードがいつになく早く帰宅した。まだ五時になるかならないかのころ、エデンがキッチンで子供たちに夕食を食べさせていると、ポーラがずかずかと入ってきた。

「ミセス・ウォーカー」ポーラは料理人に言った。「エデンに話があるから、その間子供たちを見ていてちょうだい」

「わかりました、奥様」料理人は言われたとおりにした。

「エデン、書斎に来て」

それは命令だった。有無を言わせぬ響きがある。わたしが何をしたというのだろう。今夜、急に出かけることになったから、子供たちの面倒を見てほしいというのだろうか？　それでいつもよりずっと早く帰宅したのかもしれない。それともほかのお説教だろうか？

ポーラは大股に書斎に入り、奥の窓際に置いてある大きな樫《かし》の机の向こう側へ回った。エデンは書斎の扉を閉め、ポーラの後に続いた。ポーラは革の回転椅子に腰をかけたが、エデンには椅子を勧めない。

「エデン、単刀直入に言うわ」ポーラは威圧的な口調できびきびと言った。「ジョンと話して決めたんだけれど、あなたには辞めてもらうわ。子供たちに悪影響を与えるだけだから」

「悪影響？」エデンは驚いてきき返した。

「とぼけないでちょうだい」ポーラがぴしゃりと言った。

「いいえ、わたしにはなんのことか……」エデンは必死で抗議した。

「昨夜《ゆうべ》、ジョンとわたしはハーコート家の結婚式に招待された友達と食事をしたのよ。そうしたらあなたが披露宴の途中でルーク・セルビーと一緒に姿を消したという話が出たの。二人してベッドルームへ入っていったそうね。最近彼があなたの部屋に来てるけど、何も起こっていないというわけ？　たわいもないおしゃべりだけだとこのわたしに信じろって言うの?」

エデンにはまだ事情がのみ込めなかった。「それと子供たちへの悪影響と、どういう関係があるんですか? 私生活と仕事は直接関係ありませんし、それはこれまでもはっきり分けてきました」

「でも、同じ屋根の下に住んでいるのよ。子供たちにあなたの破廉恥な行為を見せるつもりはありませんからね」

「見せるだなんて……。そんなこと、あり得ません」エデンも負けずに言い返す。「仕事時間以外に子供たちと顔を合わすことは、いっさいないんですから」

「エデン、それは考え方の違いよ。あなたの破廉恥な私生活はもう世間に知れ渡っていて、こっちまで恥ずかしい思いをしたのよ。これ以上この家に置いておくことはできないわ。もう議論の余地はないの。今すぐに辞めてもらいます。わかったわね」

「ええ、わかりました、ミセス・スタフォード」エデンは憤りを噛《か》み殺しながら答えた。

ジェフ・サウスゲイトのような男性なら何度ベッドを共にしても構わないが、富と権力を持った上流階級の男性と関係を持つと、売春婦呼ばわりをされ、子供たちに悪影響を及ぼすと言われる。

「普通は一カ月前に通告するんでしょうけれど、そのかわりその分のお給料は払うわ。週末までにフラットを出てちょうだい。それまでにつぎの仕事先を探せばいいでしょう」

ひどい！　あまりにも不当な言い分だ。わたしは仕事上の落度ではなく、社会的偏見によってくびにされたのだ。

エデンはポーラが小切手を書く間、無言でその姿を見つめていた。あらゆる意味で小柄な女性――それがポーラだ。背丈も低く、顔も小さく、心も狭い。ファッションデザイナーとしての才能がなければ、ただのつまらない女性にすぎない。上手にカットされた髪、巧みなお化粧で強調された小さな緑色の瞳、そして服装はいつも完璧《かんぺき》だ。けれども心はいやしく、エデンの価値観からすると最低の女性だ。

小切手が切りとられてエデンの前に差し出される。「推薦状は今夜書くわ。明日の朝、取りに来てちょうだい」

「ミセス・スタフォード、あなたからいったいどんな推薦状をいただけるというのですか」エデンは顔を上げてじっとポーラを見た。

「こんな状況だもの、雇用期間のことしか書かないに決まっているでしょう？」

なんて卑劣な！

「それなら書いてくださらなくて結構です、ミセス・スタフォード」エデンは頬が紅潮するのを感じた。こんな失礼な形でくびにされたことはない。二年間一生懸命に働いたその見返りがこれだなんて！「推薦状はいりません」彼女はこみ上げる怒りを抑えることができなかった。

「あら、必要になると思うわよ」ポーラがせせら笑うように言った。

「いいえ、結構です」エデンは前に一歩出て小切手を受けとった。目の前で破り捨てられたらどんなに気持がすっとするだろう。「ありがとうございます」彼女は冷ややかな声で礼を言うと、くるりと向きを変え、毅然《きぜん》とした足取りで書斎を出た。

その足でフラットに戻り、荷造りを始める。二時間後、ルークがドアをノックしたときも、まだポーラとのやりとりの後の憤りを抑えることができないでいた。乱暴にドアを開ける。彼女はじっとルークを見た。わたしがまともな推薦状もなしに不当に辞めさせられる羽目になった原因の男。彼女の心は決まった。鼻持ちならない上流階級の女性を必ず見返してやるわ。特にポーラ・スタフォードを！

「ルーク、まだわたしと一緒に暮らしたいと思っている？」

「もちろんだよ」ルークは嬉《うれ》しそうに答えた。

「この前の金曜日に約束したことはまだ守ってくれるのね。わたしたちと付き合う人には、必ずわたしにも敬意を払わせるって言ってくれたわね。そうでなければ付き合いをやめるって」

「そうだよ」ルークが請け合った。

「今、わたしをあなたのところに連れていってくれるかしら？　今夜よ」

ブルーの瞳に勝利の炎が燃え上がった。「今すぐにでもいいよ。エデン、君の支度ができているならね」

「まだ荷造りが終わっていないの」

「どうすればいいか言ってくれ。手伝うよ」

エデンはルークを中に招き入れ、荷物を指さした。

「この箱には本が入っているわ。車に積んでくださる？　それからステレオもお願い。このスーツケースも。あとはシャワーを浴びて着替えたらおしまいよ」

「わかった。君はシャワーを浴びておいで。その間に僕が荷物を運んでおくから」

ルークは段ボールを持ち上げるとドアの外へ消えていった。どうしてこんなに早く決心をしたのか、何も尋ねない。気が変わらないうちにさっさと実行に移してしまおうと思っているのかもしれない。エデン自身もそれでよかった。

エデンは石鹸《せっけん》をたっぷりつけて丹念に体を洗った。今夜からルークと一緒に暮らすのだ。今ごろ彼は何を期待しているのだろう？

髪を洗って余分な水分をぎゅっと絞り、シャワーを止める。バスタオルで体を拭《ふ》くと、今度は髪を乾かす番だ。女性らしさを隠さないほうがいいというルークの言葉を思い出して、ドライヤーでふんわり仕上げた。黒い巻き毛が肩のあたりで美しく輝いている。

彼女は金曜の晩と同じ、オレンジと黒のパンツスーツを着た。取りたててセクシーではないが、イブニングドレスをのぞけば、手持ちの衣装の中で一番洗練された雰囲気を持っている。それから、少しためらってからオレンジ色のリップグロスに手を伸ばした。キスで落ちてしまうとわかってはいるけれど、せっかくだからできるだけ魅力的に装うことにしよう。

これから新しい人生が始まるんだわ。エデンは化粧バッグを閉じて、床に脱ぎ捨てた服を拾い上げるとバスルームを出た。残りの荷物をすべて、ベッドのそばに置いておいたボストンバッグに入れる。それから忘れ物はないかと部屋を見渡してから、バッグを持って居間に歩いていった。

ルークはカウンターの椅子に腰かけて待っていた。精いっぱいのお洒落《しゃれ》をしたエデンの姿を見ると、満足そうな表情を浮かべて立ち上がった。「観葉植物だけは車に入り切らなかったよ。明日の朝、だれかに取りに来させよう」

「ありがとう、ルーク」エデンの声はかすれていた。喉に熱いものがこみ上げる。わたしは捨て鉢になっているのだろうか。これで本当にいいの？

もういいのよ、とエデンは自分に言い聞かせた。もう決めたことだもの。ひき返せないわ。あとはこのまま突っ走るしかない。新しい未来へ飛び込んでいくのよ。

ルークはエデンの手からバッグを取り、もう一方の手で彼女の手を握った。これで自分のもの、と言わんばかりにぎゅっと強く。「さあ、行こう」

「ええ」

「後悔はないね」ルークがちらりと探るようにエデンの顔を覗《のぞ》き込む。

「ないわ」エデンはきっぱりと言った。

「君はなかなか勇気があるんだね」

「それとも愚かなのか、どちらかよ」エデンはわざと付け加えた。「でもあなたを失うよりは、愚かでもいいから一緒にいたかったの」

ルークの口元がほころんだ。「僕もそんな気持だよ」

並んでフラットを出て、エデンがドアを閉める。彼女には新しいドアが待っていた。その先はどこへ通じるのかわからない。けれども今はルークが手を握っていてくれるだけで十分だった。わたしは一人ぼっちではない。彼がそばにいて、わたしたちは一緒に暮らすのだ。少なくともしばらくの間は……。

「ポーラは、君が急に辞めることになって、機嫌を損ねているんじゃないかい?」ボストンバッグを車に積み、助手席側に回ってドアに手を伸ばしながらルークが何げなく尋ねた。

「いいえ。これはポーラの判断なの。わたしはくびになったのよ」エデンは思い切って真相を告げた。

ドアにかかったルークの手が一瞬、止まる。彼はエデンに向き直り、厳しい表情で再び尋ねた。「ポーラが君をくびにした?」落ち着いた声だが、どこか凄味《すごみ》が漂っている。

エデンは毅然とした表情で答えた。「それも仕事上のミスが原因ではなかったわ。ルーク、わたしがあなたと付き合ったせいで、ポーラは肩身の狭い思いをしたんですって。保母の分際であなたのような男性と親しい関係になるのは、とんでもないことなのだそうよ」
「そうなのかい?」優しく穏やかな声だが、ますます凄味が感じられる。

「そういうわけで、わたしはまともな推薦状すら貰《もら》えなかったの」エデンは苦々しい口調になった。

「そんなばかなことがあってたまるか」

「でも、それが現実なのよ」

「それで今夜僕のところへ来ることにしたのかい?」

「心はもう決めていたの」エデンはそう取り繕った。

「ただ時期が早まっただけというわけか」

「そうよ」

「僕と付き合ったせいで、とんだ災難だったね」

「まあ、そういうところね」

「それじゃあ、名誉挽回《ばんかい》といこう」

ルークはエデンの腕を自分の腕に絡めると、スタフォード家の正面玄関へ歩き出した。

「何をするの?」エデンは心配になった。心臓がどきどき鳴り始める。わたしが話してしまったばかりに……。

「僕は嘘《うそ》つきではないと証明してあげるよ」ルークの口元がぐっとひきしまり、怒りをこらえているのがはっきりわかる。

「もう何もすることはないわ」エデンは正面玄関へ通じる階段を上りながら必死でルークを止めようとした。「ルーク、終わったことよ。もうすんでしまったことなのよ」

「僕の力を見ていてごらん。きっと驚くから」ルークは厳しい表情のまま、玄関のブザーを押した。容赦しないつもりなのだ。

「お願い、感情的にならないで！」

ルークは意外そうな顔つきでエデンを見た。

「僕は感情的になんかなっていないよ。ただお返しをするだけさ」

エデンはそれ以上何も言わなかった。ポーラ・スタフォードと対決するのだろうか？けっして和やかなやりとりではないだろう。とはいえ、エデンはひそかに興味津々だった。わたしのために戦ってくれる男性がいる——そう考えただけでひどく心がくすぐられる。今までそんな男性はいなかった。それにルーク・セルビーを恋人に持つと、まわりはどういう扱いをするのかを知るいいチャンスだ。

7

ドアを開けたのはジョン・スタフォードだった。彼はずんぐりした体型で、頭の中央部分が禿《は》げ上がっており、ふっくらした顔は人のよさそうな印象を与える。しかし、金縁のメガネの奥の茶色い瞳は抜け目ない性格を物語っていた。まだビジネススーツに身をつつんでおり、玄関先にルークとエデンが並んで立っているのを見ると、さすがにいつもの余裕をなくしたらしかった。

「やあ、ジョン」ルークが声をかけた。にこやかだが口元はけっして笑っていない。

「ルーク」ジョンはそれ以上言葉が出ないらしい。

「ポーラはいるかな？　忙しくなければ会いたいんだが。頼みたい仕事があるんだ」

仕事と聞いてジョンはすぐに愛想よくなった。「それはそれは。ポーラは仕事熱心だからね。さあ、中に入ってくれたまえ、ルーク」ジョンは一瞬ためらってからエデンにも声をかけた。「それからエデンも」

「ありがとう」ルークはエデンをひき寄せながら中に足を踏み入れた。

「ちょうどラウンジで食後のコーヒーを飲んでいたところなんだ」ジョンは二人を奥へ促した。

「お邪魔ではないのかな?」ルークはあくまでも丁重な態度をとる作戦らしい。

「とんでもない」

予期せぬ客の登場に、ポーラの表情が凍りついた。これでこちらに得点一だわ、とエデンは心の中で満足げにほほ笑んだ。

「ルーク!」ポーラは肘掛け椅子からあわてて立ち上がり、振り絞るような声をあげた。いつもの優雅さが一瞬どこかへ吹き飛んだようだ。けれども彼女はたちまち落ち着きを取り戻すと、にこやかな顔を作った。「お目にかかれて嬉《うれ》しいわ」

「ポーラ、ルークは君に仕事の話があるんだそうだ」ジョンがすかさず事情を説明する。丁重に応対するように、との指示だ。

「まあ、そうなの」ポーラはぎこちなくほほ笑んで、ソファを示す。「どうぞ、おかけになって」

「ありがとう、ポーラ」ルークはにっこり答えた。

彼はエデンの手を握ったままソファに並んで腰かけた。大理石のテーブルを挟んで、スタフォード夫妻が肘掛け椅子に座っている。エデンはこの部屋の応接セットに腰を下ろすのは初めてだったが、ルークがそばにいてくれるから緊張しない。

「コーヒーでもいかが?」ポーラがおずおずと尋ねた。

ルークはエデンを見た。「いただくかい?」

「いいえ、コーヒーは結構よ」

ルークはにやりとした。どうやらエデンは作戦どおりの答えをしたらしい。「僕も結構だ」彼はスタフォード夫妻に向き直った。「シャンペンはあるかな? お祝いすることがあるんだよ」

「もちろんだとも」ジョンが請け合った。「何をお祝いするのか教えてくれたらね」

「エデンがようやく僕と一緒に暮らすことに同意してくれたんだよ。今夜僕のフラットに引っ越してくるんだ」ルークは得意そうに宣言した。

ポーラが口をぽかんと開けている。ルークはそのポーラにわざとにこやかな表情で言った。

「ポーラ、君にお礼を言うよ。急な話だったのにエデンを辞めさせてくれてありがとう。君にとってもきっと大きな痛手だろうね。エデン以上の保母はいないだろうし、かわりを見つけるのは大変だと思うよ。それに彼女はこの家になくてはならない、家族同然の存在だったわけだから。そこでせめて君に仕事をお願いすることでお返しをしようと思うんだ」なるほど、ルークは暗に世間にはそう発表するようにとポーラに命令しているのだ。もしその言いつけにそむいたらどんな復讐《ふくしゅう》が待っているか、想像しただけでぞっとする。

「仕事って？」ポーラは喘《あえ》いだ。

「エデンのために服を一揃《そろ》いデザインしてほしい。僕の付き合いが広いのは知っているだろう？　エデンはいつも僕のそばにいることになるからね。君なら彼女の類《たぐ》いまれな美しさをひき立てるすばらしいデザインを考えてくれると確信しているよ」ルークはそこでエデンに目をやった。「彼女は今のままでも僕には最高だけれど、ファッションの面でもだれにもひけをとらないようにしたい。彼女が肩身の狭い思いをすることのないようにね。そのために必要なものはすべて揃えたいと思っているんだ」

ポーラがごくりと唾《つば》をのみ込むのがわかる。「予算はどのくらいかしら？」

「制限はないよ。好きなだけ使って構わない」

そんな……。エデンは思わず〝だめよ〟と言いそうになった。だが、ルークが彼女の手を強く握ってそれを止めた。たしかに手持ちの服はお粗末すぎてルークの生活にはとても合わない。

「わかったわ」ポーラは信じられないといった面持ちで答えた。

「とにかく彼女にはすべてを与えたい。何を作るかはエデンに一任するからね」ルークが念を押す。今や二人の立場が逆転したことをポーラに教えているのだ。

ポーラはひるんだ。彼女の視線がエデンに向けられ、それからルークへ戻る。「エデンに一任ね」思いがけない事態の進展にショックを隠せない表情だ。

「ルーク、そんなにお金を使わなくても……」エデンは辞退したが、それを遮ったのはポーラだった。さすがに変わり身が早い。

「ねえ、エデン。ルークの言うとおりよ。彼のパートナーにふさわしい服を揃えなくちゃね。もちろんなんでもお手伝いするわ」

「きっとそう言ってくれると思っていたよ」ルークが勝ち誇ったように言った。「ポーラ、君には最高の仕事を期待しているよ。エデンの望みどおりにしてほしい。僕は君の才能をかっているんだ」

ポーラの顔がぱっと輝いた。「それはどうもありがとう！」緑の瞳がにこやかにエデンに向けられる。「ジョン、シャンペンを」

ポーラの声にジョンがすかさず立ち上がる。「今すぐ持ってくるよ、ダーリン」ジョンはぎこちない雰囲気をなんとか穏やかにまとめるための円滑油を取りに、急いでラウンジを出ていった。

エデンはたった今、目の前で起こったことが、まだ信じられなかった。彼女はルークのことを〝賢くて計算高くて自信家で、そのうえシニカルで、自分をコントロールできて、人を操るのが上手な人間〟と評したのを思い出した。けれどもまさか彼にこんなことまでできるとは想像もしていなかった。しかもわたしのために！

今までもこうやって、望んだものは必ず手に入れてきたのだろう。敵も多いはずだ。わたしならルークを敵に回さない。おそらくポーラ・スタフォードもそう考えたに違いない。

エデンが保母を辞めたいきさつは、ルークの筋書きどおりに世間に公表されるだろう。スタフォード家からの推薦状は非の打ちどころのないものに書き替えられるに違いない。彼女の経歴についた傷はすばやく、しかも効果的に回復された。エデンの名誉は回復されたのだ。彼女は、その名誉を取り戻すためにルークがどれほどのお金を使おうとしているかを考え、度肝を抜かれた。

ルークは具体的な打ち合わせに入っていった。「ポーラ、今度の土曜日の午前中に君のオフィスへエデンを連れていこうと思うんだが、都合はいいかな？　とりあえず必要なものを何着か作ってもらおうと思ってね」

「もちろんよ、ルーク」ポーラがあわてて請け合った。「そのときにいろいろ生地も見てもらって、エデンにどんなものが似合うのか検討してみるわ」ポーラはエデンに無理にほほ笑みかける。「あなたの気に入らないような服はけっして作らないわ」

「あなたのデザインはいつもすばらしいと思っていました」エデンは心からそう言った。

ポーラの口元が不自然にほころぶ。「それはよかったわ。エデン、あなたは背が高いからなんでも着こなせるはずよ。デザインするのが楽しみだわ」

「ありがとう」エデンはてのひらを返したようなポーラの態度に驚くばかりだった。お金にこれほど左右されるとは、なんていやしいんだろう。

そのとき、ジョン・スタフォードがシャンペンのお盆を持って戻ってきた。乾杯の声と共に和やかな雰囲気が流れる。すべては友好的に運んだ。ルークとエデンが暇《いとま》を告げると、夫妻は揃って玄関先まで見送りに出た。

ルークはエデンの腰に手を回し、車に向かって歩き出した。「これでよかったかい？」

「こうなると予想していたの？」エデンはまだ信じられないという面持ちで尋ねた。

ルークがくすくす笑いながら答えた。「あの夫妻はうちの銀行に多額の借金をしているんだ。だからこうなることはわかっていたよ。でも、こういう場合でも無理に押してはだめなんだ。必ず見返りを差し出すこと。最良の結果を生み出すためには、互いに敬意がないとね」

エデンは助手席に乗り込みながら、足早に運転席に回るルークをじっと見つめた。目的達成のための方法を心得ていて、欲しいものは必ず手に入れる人間――それがルークだ。車に乗り込み、ドアを閉めたルークの顔に深い満足の表情が浮かんでいた。

「わたしたちがいつかこうなるという予感はあった？　わたしがイエスと言うだろうっていつ思ったの？」

「マーリーの結婚式の晩だよ」ルークは自信たっぷりの目をエデンに向けた。

エデンは苦笑した。「あの晩はシャンペンの飲みすぎで、いつものわたしじゃなかったわ」

「たしかに酒を飲むと嘘《うそ》がつけるようになるという人間はいるよ。でも、君にはそれはできない。君は自分に正直だからね」

エデンの頬が熱くなる。「あの晩のように……もうあんなふうにはなれないわ、ルーク」

ルークがエデンの髪を慈しむように撫《な》でた。「エデン、心配しないで。君にとってすべてを最高のものにしてあげるよ。君は何も心配しなくていい」

エデンはぎこちなく笑った。「スタフォード夫妻にしたように、わたしの人生もあなたの好きにするつもり?」

ルークは首を横に振った。「いや、そうじゃない。エデン、君には彼らにしたようなことはしないよ。僕たちはフィフティ・フィフティの関係だ。それがパートナーだと思っている。わかったかい?」

その真剣な響きにエデンはただ黙って頷《うなず》いた。ルークの唇が軽く触れる。それはまるで約束の証《あかし》のようだった。エンジンのかかる音がして、ジャガーは二人をルークのフラットへ運んでいった。今夜から二人はそこで一緒に暮らす。彼が心変わりをするときまで。

どうぞうまくいきますように。そして長続きしますように。エデンは心の中で願った。わたしはルーク・セルビーを尊敬し、心から愛している。人生のすべてを彼と分かち合いたいのだ。結婚はどうでもいい。

でも子供は……。エデンの心は千々に乱れた。幸福になるためには子供がどうしても必要なのだろうか？　たしかに子供を持つのは彼女の長い間の夢だった。だが、現実の世界にルークは存在している。彼と一緒に暮らすこと——今はそれだけが大事だった。

車はラベンダー湾を一望に見渡すモダンなマンションへ入っていった。リモコンを使って専用のガレージのドアを開ける。ガレージの奥には専用のエレベーターがあって、二人はエデンの荷物をすべて積むと、ルークのフラットのある最上階へ上っていった。

エデンはルークが裕福なことは知っていたが、まさかこんなに豪奢《ごうしゃ》な暮らしをしているとは予想もしていなかった。贅沢《ぜいたく》の限りをつくしたとでも言うのだろうか、彼女は怖気《おじけ》づいてしまった。

玄関を入るとそこは中二階で、曲線を描く広い廊下が続き、下に居間が作られている。居間には革製のソファと椅子が置かれ、あちこちに見えるガラスやクロムのテーブルの上にはそれぞれに彫刻品が飾られていた。天井まで届く窓からは、照明に浮かび上がるシドニーハーバー・ブリッジが見える。廊下の端にダイニングコーナーがあり、そのモダンなテーブルと椅子からもすばらしい風景が見られる設計になっていた。

廊下を少し進むと中央のホールに出る。ルークはそこのドアを開けた。「本の段ボールは書斎に置くことにしよう。少しずつ本棚に並べるといい」

ルークの後について書斎へ入る。そこには本棚だけではなく、ありとあらゆる最新の事務機器がしつらえてあった。コンピューターもある。うまく頼んだら使い方を教えてもらえるかしら？　エデンはひそかに期待した。とにかく何か職を見つけなくてはならない。ルークに養われるのは自尊心が許さなかった。それに、ルークの関心をつなぎとめることができなくなったら、ここを出て働かなくてはならないのだ。そのときに備えて今のうちから準備しておいたほうがいい。

残りの荷物を取りにルークがエレベーターへ向かう。その途中、彼はふと足を止めてホールに面したもう一つのドアを開けた。中に手を伸ばして明かりをつける。「ここが僕たちの寝室だ。僕が残りの荷物を取ってくる間、覗《のぞ》いてごらん。化粧室とバスルームはその奥だよ。僕のものをどかして、君の荷物を置くといい」

「そんなことを言って、あとで後悔するわよ」エデンはわざと明るい声を出した。けれども本当は寝室を共にすることを考えて体が硬直していた。

「そうかな？」ルークがにやにやしている。「二人分の収納場所は十分あると思うよ。それに君は片づけ魔らしいから大丈夫」

エデンが笑った。「施設にいたときからの習慣なの。そのあたりに放《ほう》っておくとすぐ盗まれてしまうんだもの」

「ここでは安心していいよ」ルークが静かな声で言った。ブルーの瞳がそっと愛撫《あいぶ》するかのようにエデンを見つめている。「なんでも好きなことをしていいんだ」

「ありがとう、ルーク」エデンは不意にかすれ声になった。なんて親切で寛大な人なのだろう。

「どういたしまして」

寝室に足を踏み入れると、エデンの鼓動は早鐘のように鳴り始めた。彼女の視線はこれから夜を一緒に過ごすことになるベッドに注がれた。

キングサイズのベッドは二人で使っても十分の広さだ。そして寝室自体も広い。ブルーとグレーと白で統一してあって心を落ち着かせてくれる。床は二段になっていて、高いほうの床にはベッドやサイドテーブルが配置され、もう一つのガラス窓に面した低い床は、ちょっとしたラウンジになっていた。白いレースのカーテンがかかっているので夜景ははっきりは見えないが、町の明かりが差し込んでくる。

エデンはベッドの向こう側へ回ってウォーキングクロゼットを覗いた。ハンガー、引き出し、靴入れ、そして棚が一面に並んでいる。もう一方のドアはバスルームだ。大理石の床にジェットバスが据えつけられ、円形のシャワールームは二人一緒に入れるくらい広い。いたるところに鏡がつけられている。化粧台は大理石で、下の引き出しのドアはぴかぴかの真鍮《しんちゅう》でできている。

エデンは驚きのあまり首を横に振った。貧しいあばら家に育ったこのわたしが、こんなにすごい場所で暮らすなんて！　保母になって以来、いろいろな家に住み込んだけれど、こんなに豪奢な家は初めて見た。いったいルークはどれだけ裕福なのだろう？

このフラットだけを見積もっても最低で……。エデンは途中であきらめた。ゼロの数が多すぎる。

いくら深呼吸をしても鼓動はいっこうに収まらない。ルークはこんな高みにまでわたしをひき上げた。どうぞここから落ちることがありませんように……。エデンは心の中でそう強く願った。バスルームを出て寝室へ戻ると、ルークがボストンバッグを持ってちょうど入ってくるところだった。

「どうしたんだい、エデン？」ルークが尋ねた。

「いいえ！」エデンはあわてて答えた。「ただちょっと、まごついてしまって。それだけよ。こんなに贅沢な暮らしをするとは思っても見なかったから」

「ここは単に住む場所にしかすぎないよ。一人でいるときはがらんとしている」ルークは淡々と言ってから、口元を歪《ゆが》めた。「あいにく庭がなくて悪かったね」

「いいのよ。明日、観葉植物を持ってくるから」エデンはそう言って、にっこりほほ笑んだ。

「外のテラスに花を植えてもいいよ」ルークは寝室のカーテンを指さした。「そうすれば朝、ベッドから君の庭が見られる」

再び喉に熱いものがこみ上げてくる。エデンは大きく息を吸い込んだ。「ルーク、親切にしてくれてありがとう。わたしが本当にあなたの望むような人間であればいいけれど」

「エデン、こわがらなくていいよ」ルークが近づいてきた。

「こわがってなんかいないわ」とはいえ、彼女の全身は緊張のあまり震えている。

「大丈夫だよ」ルークがエデンを抱き寄せた。体の温《ぬく》もりと逞《たくま》しさが伝わってくる。ルークは彼女の髪に頬を押しつけた。「僕が守ってあげるから。信じてほしい」

「ええ」エデンがささやいた。

こめかみのあたりにそっと何度も唇が触れる。エデンは固く目を閉じて、ルークの温かい体の感触に気持を集中させた。ほかのことはいっさい思い出したくなかった。これから先の不安を忘れ、ルークと愛の炎を燃やしたい。

両腕を彼の首にかけて顔を上げる。エデンの唇は、官能の炎を呼び覚ます巧みなキスを期待して小刻みに震えていた。その炎は全身に広がり、荒々しい欲望に化していく――マーリーとレイの結婚式の晩のように。

今夜は時間はたっぷりある。急いで上り詰める必要はない。「君は完璧《かんぺき》だ」ルークは耳元で甘くささやきながらキスの雨を降らせ、全身に愛撫の手を走らせた。うまく操られている。エデンはぼうっとした頭でそう思った。でも今は何も考えたくない。ただ、ルークの巧みな愛撫が呼び起こす官能の炎をむさぼり尽くしたい。

ルークはけっして事を急がなかった。エデンを狂おしい気持に駆り立て、秘密の快楽へとじわじわひき込んでいく。歓《よろこ》びの頂点に達したとき、彼女はマーリーの結婚式の晩と同じくらい熱く激しく燃え上がった。シャンペンの力も借りずに。ルークが彼女を陶酔の世界へいざなってくれたのだ。

ルークもまた我を忘れていた。ルークを満足させたい。彼がわたしに与えてくれた深い歓びを、今度はわたしが与える番だ。エデンはルークにすべてを捧《ささ》げた。

情熱の嵐《あらし》が静まったあとも、ルークはその余韻を楽しむかのようにエデンの体を抱き、優しく手を滑らせた。エデンはその逞しい腕に抱かれながら、彼を満足させたことに限りない喜びを感じていた。彼女自身も満ち足りて頰が紅潮している。わたしは本当の意味で女になった。今まで知らなかった歓びを、ついに知ったのだ。

ルークと一緒に暮らすことにしてよかった。わたしの決心は正しかったんだわ。たとえこの関係が不毛だとしても、正しい判断には変わりない。相手の存在すべてを愛すること——それはたとえどんな代償を払っても知る価値があるはずだ。

8

　翌朝ルークが仕事に出かける支度をしている間、エデンは彼のウォーキングクロゼットに自分の服をかけるスペースを作っていた。これからは二人のクロゼットだ。そう思うと自然に口元がほころんでくる。しかしそのとき、女性用のバスローブが目に入って彼女の顔がこわばった。ルークとお揃《そろ》いのブルーだ。サイズからいっても、ぜったいに彼のものではない。とすると……。胃のあたりがきゅっと締めつけられる。ルークにはだれかほかの女性がいるのかしら？

　ルークがバスルームから出てくる気配がしたので、エデンはあわててそのバスローブを元に戻した。しかし彼はすべてを察したらしい。

「すまない、エデン。忘れていたよ。君が来る前に片づけておくべきだったね」

「これはだれかの……」

「いや、だれのでもないよ。来客用だ」ルークがエデンの言葉を遮った。「ときどき泊まり客があったのでね。僕だって生身の男さ。だけど、前にも言ったように一緒に暮らしてほしいと頼んだのは君だけだ」

これまでに何人の女性が泊まったのかしら？　エデンはそう考えずにいられなかった。たしかにルークは恋人としては最高だから……。

「君だって僕の前にジェフがいただろう？」ルークはそれだけ言うと、さっと話題を打ち切った。「これからは君と僕さ」

「ええ」エデンは小さな声で答えた。わたしも恋人の一人にすぎないのかしら？　セックスが目的の関係？　どうして彼はわたしを誘ったの？　わたしが嘘《うそ》をつかないから。彼はそう言った。

ルークが手を伸ばしてハンガーからバスローブをはずした。

「そんなことしなくていいのよ、ルーク」エデンはかたくなに言った。

「いや、そうしたいんだ」ルークが苦々しい笑いを浮かべた。「エデン、ゼロから出発しよう。ほかの女性の影は消し去って、君とだけ暮らしたい」

彼はエデンに唇を押しつけた。独占欲をむき出しにした激しいキスだ。エデンの頭の中から次第にほかの女性の影が消えていく。けれどもルークが仕事に出かけてしまうと、ルークとわたしに〝ゼロからの出発〟なんてあり得ない、という思いが頭をもたげてきた。最初の結婚の失敗が彼の頭にも心にも大きな傷を残している。それだけではない。子供が欲しくないというのはいかにも不自然だ。何か子供嫌いになる原因があるに違いない。とはいえ、今のルークをそのまま受け入れる約束なのだから、変えようのないことについてあれこれ考えても始まらないのはわかっていた。

ルークとの生活を始めて最初の一週間は、エデンにとっては天国を垣間見るような毎日だった。

ポーラ・スタフォードから買いつけた服はどれも女性なら一度は着てみたいと夢見るものばかりで、今まで隠してきたエデンの女らしさが一度に開花したようだった。世の男性は好きなだけエデンの姿を見ることはできるが、少しでも近づいてきたらルークが立ちはだかる。まるでまわりにしっかりガードが巡らされたようだ。その中にいる限り、安全でしかも自由だ。エデンは生まれて初めて女性であることを心から楽しんだ。

ルークはまた、エデンをガーデンセンターへ連れていき、寝室のテラスに置く植物を選ばせた。彼女が気に入ったものをルークはつぎつぎと買い込んでいく。エデンはテラスにもう入り切らないからとルークをたしなめなくてはならなかった。

それからルークは、彼女専用のコンピューターのディスクを用意してくれた。マニュアルの読み方を簡単に説明してもらったから、あとは自分で習得できそうだ。また、彼は将来の仕事に役立つようなさまざまな講座についても相談に乗ってくれた。ルークは自分の可能性を信じてあらゆる方向を検討すべきだ、という意見だった。才能を伸ばせる場所を選べば、毎日が挑戦だし、それが報われたときの喜びはひとしおだというのだ。

家政婦のミセス・マーカムが月曜日と木曜日にフラットの掃除に来てくれるから、エデンがする家事はほとんどない。けれどもエデンはほとんど毎晩腕によりをかけて夕食を作り、ルークを驚かせた。食事なら毎晩外へ食べに行けばいい、食事を作る義務はないよ、とルークは言ったが、エデンは家で二人だけで食事するほうが好きだった。保母として裕福な家庭に住み込んでいたとき、たいていそこの料理人と親しくなっていろいろ教えてもらっていたから、メニューには困らない。それに、ルークを喜ばせることができるのが何よりも嬉《うれ》しかった。もっともルークのほうは、エデンと一緒にいるだけで満足しているらしかったが。

エデンはこのうえなく幸せだった。けれどもときどき、今はハネムーン期間のようなものだから、という思いが頭をよぎった。これがずっと続くはずがない。どんなに相性のいいカップルでも、そう長い間完璧《かんぺき》な調和を保つことはできないのだ。目新しさが消えたらルークは……。エデンはその先は考えたくなかった。そのときはそのときだ。

最初の一週間が過ぎた日、エデンはマーリーたちのハネムーンがもうすぐ終わりつつあることを意識せずにいられなかった。マーリーとレイは今度の土曜日に戻ってくることになっていた。二人はエデンとルークが一緒に暮らしていることを知らない。おそらくパム・ハーコートの耳には今ごろポーラ・スタフォードから情報が入っているだろう。けれどもルークはそのことには触れないし、エデンのほうからその話題を持ち出すのは気が重かった。

やはりマーリーには知らせなければいけない。さもないと、彼女はレイのフラットに落ち着くやすぐにスタフォード家に電話をかけるだろう。エデンはどうやって今の状況を知らせたらいいか悩みに悩んだ。何しろマーリーは、エデンがジェフと婚約しているものと思って帰ってくるのだ。エデンは迷ったあげく、短い手紙を書いた。もうスタフォード家にはいないことを伝え、新しい連絡先の電話番号を知らせる。それはルークのフラットの番号だったが、そのことは伏せておいた。きちんとした説明は実際に会ってするのが一番だ。

マーリーからの電話は土曜日の午前中にかかってきた。

電話が鳴ったとき、ルークはシャワーを浴びていたのでエデンが受話器を取った。マーリーの声を聞いただけで、彼女がもうすでにだれかに事の成り行きを知らされているのがわかった。

「エデン？」まだ信じられないといった響きだ。

エデンの心は沈んだ。それでも必死で明るさを装った。「マーリー！　おかえりなさい。ハネムーンはどうだった？」

沈黙が流れる。「エデン、本当にルークと一緒に暮らしているの？」マーリーはひどく混乱している様子だ。

エデンはため息を漏らした。「マーリー、ショックだったらごめんなさい。一番にあなたに知らせたかったんだけれど。あなたがハネムーンに出かけてから急にいろいろあって……」

「幸せなの？」

「ええ、すばらしい気持よ。満足しているわ。マーリー、気を悪くしないでね。でも本当なの」

再び沈黙が流れる。「エデン、わたしにはわからないわ。ジェフと何があったの？　彼と愛し合っていたんじゃなかったの？」

マーリーはわたしがジェフを裏切ったと責めている。けっして人を非難しないマーリーが……。エデンは慎重に言葉を選んで話し始めた。

「結婚式の朝、わたしに電話があったのを覚えている？　あれはジェフからだったの。ほかに好きな女性ができたから、もうわたしのところには戻らないって言われたわ」

「まあ、エデン！」悲痛な叫び声だ。

「だから、ジェフとはあの朝でおしまいになったの」エデンは淡々と話した。

「どうしてそんなひどいことを」マーリーは今にも泣き出しそうだ。

「でも、事実なのよ」エデンはきっぱりと言った。

「それなのにあなたは何ごともなかったかのように振る舞った……。ああ、エデン！　大変だったのね」

「マーリー、結婚式はすばらしかったわ」

「でもあなたは幸福そうなふりをしなくてはならなかった――わたしのために」

「わたしはあなたの幸福な姿を見て幸せだったわ。それにルークがすごく助けてくれたの。だから、ふりをしたわけじゃないわ。ジェフのことは考えなかっただけよ、それだけの話」

「エデン！」マーリーが喘《あえ》ぐ。「でも、ジェフはどうしてそんなことを……」

「出世のためよ」思わぬ強い口調になった。「ボスの娘を手に入れたの」

いつもはおとなしいマーリーが、ののしりの言葉を口にした。それからため息を漏らす。

「それで今、ルークと一緒なのね」不本意ながらも、事実を受け止めようとしているようだ。

「ルークはとてもよくしてくれるわ」エデンは穏やかな声で言った。「こんなに幸せだったことは今まで一度もないわ。くわしいことは会ったときに説明するから、どうかわたしのことは心配しないで。元気にしているから。あなたもわたしと同じくらい幸せだといいけれど……」

マーリーは一瞬考えてから答えた。「もちろんよ。とても幸せだわ、あなたのことをのぞいたらね。まさかあなたが……」

「そうなのよ」エデンは先回りして答えた。「たぶん、ルークがわたしに決心させてくれたんだと思うわ。でも、すべてうまくいっているから心配しないで。わたしたちが一緒のところを見たら、マーリー、あなたにもわかるはずよ」

「あなたがそう言うなら」とはいえ、マーリーの口調は半信半疑だ。

「結婚式の写真はでき上がった？」エデンは明るく話題を変えた。

「ええ。パムが取ってきてくれたわ。レイと二人、明日のお昼にパムの家に行って、みんなで見ることになっているの。あなたにも来てほしいんだけど、どうかしらね……」

そのあとが出てこない。ひどくためらっている様子だ。

「どうしたの？」エデンが促した。「マーリー、わたしにはなんでも言えるはずでしょう？」

マーリーのため息が聞こえた。「実は、パムはあなたたち二人が来てくれるかどうかわからないって言うのよ。彼女は事の成り行きにちょっと動揺しているの。あなたに失礼なことをしたんじゃないかってひどく気にしているわ。それに結婚式のつぎの日、ルークはとても無愛想だったんですって。だから彼の機嫌も損ねたと思っているみたいよ。でも、わたしはあなたにも来てほしいの。パムはあなたがよければ構わないって……」

エデンの目に涙がこみ上げてきた。マーリーはなんて友達思いなんだろう！　理解できない行動をとったわたしをも、かばおうとする。

「ありがとう」エデンはかすれ声で言った。「ルークにきいてみるわ。もし行けなかったら月曜日のお昼でも一緒に食べない？　都合はどうかしら？」

マーリーはすぐに承諾した。まだ心配そうな口調だ。そしてその口調は電話を切るまで変わらなかった。

人生がこんなに変わるなんて、不思議だわ。エデンはふと悲しい気持になった。何をするにもまずパートナーのことを考えなくてはいけないなんて……。もちろんルークとわたしが正式に結婚していたら、こんなに気を遣わずにすむのだろう。でも結婚はあり得ないのだから考えてもしかたがない。

「エデン、どうしたんだい？」バスルームから出てきたルークが、エデンの顔を見て声をかけた。何かあったと察したらしい。

エデンはマーリーから電話があったこと、マーリーを通してパムから昼食に招待されたことを話した。そしてパムの懸念も。

「僕にまかせて」ルークは受話器を取り上げ、パムの家の番号を回した。電話一本ですべてが解決し、二人は日曜日の昼食に正式に招待されることになった。

「マーリーから聞いたんだけれど、結婚式のつぎの日、あなたはパムに無愛想だったんですってね」エデンは疑問をぶつけてみた。

ルークは肩をすくめた。「少し」

「わたしのことで？」エデンは好奇心にかられて尋ねた。

「君のことと、それから生活全般に関してだよ」ルークがにやりと笑った。「エデン、君は何も心配しなくてもいい」

ハーコート家についてはなんの問題もなかった。パムとその夫はルークの命令ともとれる言葉に従って、彼とエデンを正式なカップルとして扱った。それまでの感情などおくびにも出さない。

パムはまるで結婚式の翌朝のやりとりがなかったかのように、エデンに対して穏やかで親切な態度をとった。そして結婚式の写真を見ながら、いかにルークとエデンがお似合いかということまで言及するサービスぶりだった。もちろんフラワーガールを務めた双子の娘たちは、大人の事情など知る由もない。

けれどもどんなににこやかに取り繕っても、マーリーを納得させられないことは、エデンにもわかっていた。レイも目の前の状況を受け入れることができないらしい。何しろ妻がひどく動揺しているのだから、気にならないはずはない。レイはマーリーと同意見のようだった。ときどき兄のルークの顔に探るような視線を向けている。ところが、ルークはいっこうに動じない。自分には自分の価値観があって、好きなように生きると言わんばかりだ。

昼食はプールサイドでバーベキューとサラダだった。最後にフルーツとチーズが出ておしまいになる。マーリーはエデンと二人で後片づけをするから大丈夫、とパムを席にとどめた。

「ルークはあなたにふさわしくないわ」マーリーは二人だけになるとすぐに話を切り出した。美しい琥珀《こはく》色の瞳が懸念に満ちている。

「そうは思わないわ」エデンは落ち着いた口調で答え、にっこり笑ってみせた。「ルークは親切で気前がいいってあなたも言っていたでしょう？　でも彼はそれ以上よ」

「結婚は？」マーリーが反論した。「彼はぜったいに再婚はしないってパムが言っていたわ。最初の結婚で懲りてしまったらしいの。以来、心を閉ざしているんですって」

「いったい何があったのかしら？」エデンは興味津々の顔で尋ねた。

マーリーは首を横に振った。「ルークはけっして話そうとしないの。パムの話だと、結婚したとき奥さんは妊娠していたそうよ。でも、赤ちゃんが生まれるとまもなく離婚したの。何が起こったかはわからないけれど、女性不信に陥るに十分なくらいひどかったのね」

マーリーの声に一段と懸念が深まる。

「それに子供嫌いにもなったの。彼はけっして自分の子供に会いに行かないそうよ。ここの家に双子が生まれたときも来なかったんですって。子供たちが寄っていけばにこにこ相手をするけれど、やっぱり今でも距離を置いているみたい。わたしもパムから言われるまで気がつかなかったけれど、そうなのよ。ルークは子供が嫌いなの。できるだけ避けようとしているわ。ほら、見てごらんなさいよ、今だってそうしているから」

エデンは振り向いて一同を見た。パムとその夫とレイは双子の子供たちと一緒になって笑っている。けれどもルークだけはそれを無視するかのように一人離れて座り、木の上で餌《えさ》をついばむ雀《すずめ》たちをじっと見ていた。

ルークといるだけで幸福のはずでしょう？　必死にそう言い聞かせてみても、胸に痛みが走る。エデンはため息をついた。マーリーは懇願するような目で彼女を見ながらさらに続けた。

「ジェフにあんなことを言われて、あなたがひどく傷ついたのはわかるわ。でもルークと暮らすことが解決にはならないでしょう？　エデン、あなただってそうわかっているはずよ。それに、男性に利用される人生はぜったいにいやだってあれだけ言っていたじゃない？　ルークは今たしかにあなたに優しいかもしれないけれど……」

「マーリー、もしかしたらわたしのほうが彼を利用しているのかもしれないわ」エデンは明るい声で言った。おかげでもう一人ぼっちではないし、ルークは優しくしてくれる。一緒にいて楽しいのだ。

マーリーの顔にショックが広がった。「嘘《うそ》よ！　わたしは信じないわ。あなたは失恋した反動でルークに走ったのよ。わたしがハネムーンに出かけていて支えてあげられなかったから、ルークに……」

「マーリー、あなたはわたしがそんなにか弱いと思っているの？」エデンはわざと笑い声をあげた。「ルークがわたしと結婚しないことはわかっているわ。彼がそう言ったもの。子供は欲しくないとも言われたわ。それも承知のうえなの。この生活がずっと続くとも思っていない。でもね、マーリー、わたしはルークが欲しい。彼が必要なの。彼のことを愛しているの。彼が望む限り、そしてわたしで役に立つ限り、彼と一緒にいるつもりよ」

「エデン、あなたはルークを愛しているの？」マーリーが本心を探るようにエデンを見ている。

「ええ。もしそのことでわたしがあなたの信頼を裏切ったとしたら、ごめんなさい」

マーリーの琥珀色の瞳に突然涙が溢《あふ》れた。「エデン、あなたはわたしの恩人よ。わたしだけが幸せになるのはいやなの。あなたにも……あなたにも幸せになってもらいたいの。もしあなたが幸せなら……」

「わたしは幸せよ」エデンは無理に口元をほころばせた。「本当に幸せなの」

マーリーは何度も頷《うなず》いた。「エデン、わたしはいつもあなたの味方よ」

「わかっているわ」

「どんなときもよ」マーリーは涙を拭《ふ》きながら言った。「何が起こってもよ」

エデンは胸が熱くなるのを覚えた。「マーリー、ありがとう」

昼食はまもなくお開きになった。帰りの車の中でルークはいつになく無口だった。何か考え込んでいるようで、自分のほうからは話をしない。エデンは結婚式の写真を見た感想をきいたりしたが、そっけない返事が返ってきただけだった。わたしが何かしたのかしら？　彼女は助手席で黙り込んだ。

「コーヒーをいれるわ」フラットに戻ってからエデンは明るく言った。キッチンに入って豆をひき、コーヒーわかし器を準備する。ルークは戸棚にもたれかかってじっと彼女の様子を見ているらしい。視線がひしひしと感じられた。エデンはついに耐え切れなくなって振り返った。「ルーク、どうしたっていうの？」

ルークの表情はこわばったままだ。明らかに何かある。

「さっき昼食のあと、弟のレイが男同士の話があると僕のところへ来たよ」

「それで？」エデンは先を促した。

「なんだと思う？」ルークが表情を変えずにきき返す。

エデンは大きなため息をついた。「きっとマーリーに頼まれたのよ。わたしも彼女から女同士の話をされたわ。あなたはわたしにふさわしくないって。でもわたしの気持は彼女にはっきり伝えておいたわ」

ブルーの瞳がエデンを探るように見た。「エデン、僕のほうにも君にはっきり説明してほしいことがいくつかある」

「どんなこと？」エデンはよくわからないといった顔で尋ねた。

「結婚式の晩、ジェフに対してどのくらい真剣なのか尋ねたよね。きみの答えは〝たいして〟だった」

エデンは眉をひそめた。ルークの声にはプライドを傷つけられたという響きがある。

「それがどうしたの？」彼女にはまだよくのみ込めなかった。「わたしを捨てた男性に対して真剣になることはできないわ。ジェフが心変わりしたことは話したはずよ。それ以上何をはっきりさせたいの？」

「彼が結婚直前に君を捨てたことは話してくれなかった」ルークは静かな声で話し出した。「しかも結婚式も三カ月後に予定されていて、あの週に婚約指輪を買ってもらうことになっていたそうだね。君は彼を心から深く愛していた。それなのにあの日の朝突然、一方的に終わりを告げられた。そのことを君は何も話してくれなかった」

思い出しただけで、ジェフを信頼した自分の愚かさにひどく腹が立って、彼女は頬が熱くなるのを感じた。今はジェフ本人よりも、愛や結婚というイメージに恋していたことがはっきりわかる。

ルークは頬を紅潮させているエデンをまじまじと見つめながらさらに続けた。「僕は、君と彼とはもっと軽い関係なのかと思っていたよ。でも、そうではなかったんだね」

「あの結婚式の朝、ジェフから電話があったとき、何もかもおしまいだと感じたわ。けれどもルーク、そうではなかったの。わたしは悲観して死んだりしなかったもの」

しかし、ルークはまだ納得しない。「さっき弟に言われたよ。君が僕と一緒に暮らすことにしたのはジェフに裏切られたその反動だと。そして、精神的にひどく動揺している女性につけ込むのは僕らしくないとね」彼の目はエデンの反応を見逃すまいとじっと観察している。

この人はわたしの動機を疑っているのだ。エデンの心に怒りがこみ上げてきた。「それがそんなに気になるの?」

ルークの顔がさらにこわばる。「ああ、気になるよ」彼は吐き捨てるように言った。

「でもあなたは欲しいものを手に入れたわけでしょう?」

「僕は身代わりになるのはごめんだ」ルークの声には苦々しさがこめられていた。

エデンはルークがプライドのためにかたくなになっているのだと気づいた。身代わりではなく、彼自身を求めてほしいと言っている。わたしの口からレイの言葉を打ち消してもらいたいのだ。

「ルーク、わたしはあなたが欲しいの」エデンは小さな声で言った。「どうやってかはわからないけれど、あの結婚式の晩、あなたはわたしの人生からジェフの影をすっかり追い払ってくれたわ。これで安心した?」

「もしそれが本当ならね」ルークの目はまだじっとエデンを見つめたままだ。

エデンはルークのところへ歩いていくと、両手をそっとその厚い胸に滑らせ、精いっぱいの愛をこめて彼の顔を見上げた。「もしわたしが欲しいのがあなたではなかったら、この一週間あなたと一緒に暮らしてわたしがこんなに幸福なはずがないでしょう？ ルーク、そう思わない？ それとも、これはすべてわたしのお芝居だと本気で信じているの？」

ルークの表情が和らぎ、安堵《あんど》感と確信に満たされていくのがわかる。そして熱い欲望の炎が燃え立った。「エデン……」

エデンは両手を彼の首に回して体をひき寄せた。「ルーク、あなたが欲しいわ。今、ここで。お願い……」

ルークの腕がエデンの腰を強く抱いた。荒々しい愛撫《あいぶ》の手が全身をまさぐる。激しく押しつけられる唇に、いつもの彼の自制心は微塵《みじん》もなかった。

コーヒーが沸騰する音がどこかで聞こえる。やがてわかし器のスイッチが自動的に切れた。

エデンは目を閉じてルークの欲望に身をまかせた。

9

エデンの幸福にかすかな影が差し込んだのは、それから二週間後のことだった。生理が来ないのだ。ずっと前、間隔が六週間あいたこともあったから、今回もそうかもしれない。数日遅れたくらい、なんでもない。ただ遅れているだけだ。

エデンはその影をもう一週間無視し続けた。その間も日にちだけが過ぎていく。彼女は環境の変化のせいにした。まさかあの結婚式の晩に……とも思ったが、そんなことはあり得ない。彼女は頭の中で何度も否定した。それに、あのあとはずっとピルをのんでいる。そう、やはり遅れているだけだ。ぜったいにそうに違いない。

さらに一週間が経《た》った。朝、ベッドから出てバスルームに入ったとき、エデンはめまいと共に急に吐き気におそわれた。あわてて洗面所で胃の中のものを吐き出したあとしばらくの間、彼女はじっと座り込んでいた。額に冷や汗が吹き出す。まさか、そんなこと……。彼女は頭の中で必死に否定した。その場にどのくらいそうしていただろう。ドアをノックする音が聞こえてきた。

「エデン、大丈夫かい？」

ルークだ。子供嫌いのルーク。子供だけは欲しくないと言っていたルーク。ああ、どうしてこんなことに！　エデンは絶望のあまり声にならない呻《うめ》き声をあげた。惨めな思いはもう十分。わたしは立派な人間になるために努力に努力を重ねてきた。それなのに、一緒に生きていきたいと思える男性にようやく巡り合ったときに、こんな……。わたしは今までなんのために辛《つら》い思いをして頑張ってきたの？　大事なものをすべて失うため？

「エデン？」

「大丈夫よ」エデンは嘘《うそ》をついた。それはルークに対して初めてつく嘘だった。とにかくここを出なくてはいけない。彼女は必死で立ち上がった。ドアを開け、ルークに苦笑してみせる。「もうすぐ生理が始まるみたい。わたしは周期が長くて生理痛がひどいの」二つ目の嘘だ。

ルークは同情に満ちた表情で肩をすくめた。「遅かれ早かれ来るものだからね。でも……」彼は心配そうにエデンの顔を覗《のぞ》き込んだ。「なんだか顔色が悪いよ。エデン、ベッドに戻ったらいい。コーヒーを運んであげる」

あれこれ気を遣ってくれるルークに、エデンはいたたまれない気持になった。けれども真実をどうやって告げたらいいのだろう。いや、まだ真実と決まったわけではない。検査を受けるまでは。もしかしたら、もうすぐ生理が来るから吐き気があったのかもしれない。

病気という可能性もある。ルークが出かけたら医者に行こう。どうか妊娠していませんように。エデンは心の中で必死に祈った。

ルークが仕事に出かけたあと、エデンは医者に行った。やはり妊娠しており、約七週目だという。医者は日常の注意事項を延々と話し続けたが、エデンの頭には入らなかった。ひどいわ、ひどすぎる。エデンはそれしか考えることができなかった。

けれどもそれは変えようのない事実だった。ルークが子供嫌いだという事実と同じくらい変えようのない事実。妊娠したことを告げたら、二人の関係は終わりになるだろう。すべてが一変する。

ルークはわたしをそばに置きたいとは思わなくなるはずだ。もしかしたら子供が生まれるまでは責任感から一緒に暮らしていいと言ってくれるかもしれないが、お互いに気まずくなるのは明らかだ。

子供が生まれたら、わたしと子供に住む場所をあてがい、子供の養育費を送ってくるだろう。けれどもけっして会いには来ない。前の子供にも会いに行かないように。そして彼はまた、新しくブルーのバスローブを買い、けっして子供などでわずらわされない遊び相手を見つけるのだ。そうに決まっている。

エデンは身震いした。そんな惨めな将来は考えたくない。少なくとも今は。ルークと一緒に暮らし、幸福を味わっていたいのだ。おなかが目立つようになるまで妊娠のことを黙っていられないだろうか？

もしダイエットをして運動すれば、しばらくは体型は変わらないはずだ。それだって長くはもたないだろうが、そのわずかな期間に一生の愛情を注ぎ込めたら……。黙っていることがそんなに悪いことだろうか？

ルークはわたしを求めている。そしてわたしも彼に対して同じ気持だ。一緒に暮らしてお互いに幸福なのだ。二人のささやかな幸福を守るためにいくつかの小さな嘘をつかなくてはならないとしても、それは許されるのではないだろうか？

妊娠のことを隠し切れなくなったときは、ルークに正直に告げ、ここから出ていこう。何も要求するつもりはない。子供はいらないとはっきり言われながら、一生彼のお金を頼って生きていくことは耐えられない。どこかに住む場所を見つけ、事情をわかってくれるような会社を見つけよう。もしあれば、の話だが。それがだめでも、子供が生まれるまでくらいなら貯金でなんとかやれるだろう。

それに最悪の場合は母子家庭の申請をして補助を貰《もら》うことだってできる。子供のころのように苦しい生活になるだろうけれど、きっとやっていけるはずだ。なんとか新しい人生を切り開いていこう。そうするしかないのだ。子供のために――わたしの、そしてルークの子供のために。

次の四日間、ルークはベッドで優しくエデンを抱きしめただけで、それ以上何もしようとはしなかった。しかたないとわかってはいるものの、細かい心遣いを見せてくれるルークを見ると騙《だま》している自分がたまらなくいやだった。朝、ルークがバスルームに入っている間、エデンはベッドの中でそっとキャンディを口に入れた。そうすると起きたときにあまり吐き気がしないからだった。五日目の夜、エデンは自分のほうからルークを誘った。彼は喜んでそれに応じ、埋め合わせをするかのように激しくエデンの体を求めてきた。

以前と同じ生活が戻ってきた。エデンは総合ビジネス講座というのを見つけて問い合わせた。コンピューターやワープロ、情報処理をすべて網羅するコースだ。すでに二週間前に始まっていたが、次の回を待つ余裕はなかった。必死で勉強すれば追いつけるだろう。コンピューターに関してまったくの初心者というわけでもないのだから。

ルークはその考えに賛成だった。彼はエデンの決めたことにはなんでも賛成らしい。とはいえ、コースの勉強に加え、ルークのパートナーとして忙しい社交スケジュールをこなすのは、エデンにとってかなりきつかった。医者からもらった鉄分の錠剤をのんでも、疲れは取れない。彼女は週末の午後に長い昼寝をした。それもわざとその前にルークをベッドに誘い、愛の営みのあとに自然に眠りに落ちたように見せた。

ルークとの貴重な時間が刻々と過ぎていく。ウエストが太くなっているのに気づいたときは、ひどくショックだった。けれどもそれはどうしようもない。ダイエットも運動も効果はなかったようだ。幸いなことに、ルークは気がついていない様子だった。唯一の問題はポーラ・スタフォードに作ってもらった服の数々だ。中にはすでにどうしても着られないものもあった。直せるものはできるだけ直してみる。ボタンの位置をずらしたり、脇《わき》を出したり……。けれどもそれもほんのわずかの時間稼ぎにしかならなかった。

もう時間がない。残された時間をできるだけ大切に過ごさなくては。思い出をたくさん作っておこう。明るく装うエデンに、思い詰めたような気配が漂い始めた。ベッドでもどこでも、とにかくルークと離れたくない。そんなエデンの胸の内をまったく知らないルークは、一緒にいることに心から満足している様子だった。

エデンは絶望に打ちひしがれていることをだれにも打ち明けなかった。マーリーに対してさえも。二人は週に一度、昼食を一緒にしていたが、エデンはいつも幸福の仮面をつけていた。

ところがある日、その仮面がもろくもはがれ落ちる事件が起きた。マーリーが顔を輝かせて、妊娠したことを報告したのだ。〝おめでとう〟と言おうとするのだが、エデンの口からは言葉が出てこない。涙がこみ上げ、必死で止めようとしても溢《あふ》れてくる。泣くのはやめなさい。マーリーの妊娠を喜んであげるべきよ。エデンは自分を叱《しか》った。でも、わたしも自分の妊娠を喜べたらどんなにいいだろう。

マーリーの顔から喜びが消えて、深い懸念の色が浮かんだ。彼女はテーブル越しにエデンの手をぎゅっと握った。「ごめんなさい、エデン。ルークの子供嫌いを思い出したのね」

マーリーはそこで唇を嚙《か》み、苦痛の表情になった。

「わたしも妊娠しているの」エデンはこらえ切れずに言った。

いったん口に出したら、もう止めることはできなかった。エデンの告白を聞くマーリーの手は優しくて力強く、同情に満ちていて、まるで施設にいたときと役割が逆転したようだった。

「もうすぐルークから離れなくてはいけないわ」エデンは声を振り絞るように言った。

「エデン、ルークはあなたと一緒にいて心から幸せそうよ。だから思い切って打ち明けてみたら?」

「だめよ。彼が子供を欲しがっていないのを知っていてそんなことはできないわ。これはわたしのミスなの。わたしが愚かだったばっかりに……」

「ルークにも半分責任があるわ」

「そうじゃないわ」エデンは強く首を横に振った。「みんなわたしがいけないの。きっぱり別れるべきだわ。ほかに方法はないのよ」

「それじゃあ、わたしたちの家に住んで」マーリーがすかさず提案した。

「いいえ」エデンはマーリーの結婚生活を邪魔するつもりはなかった。せっかくの新婚気分に水をさすことになる。「来週から家探しを始めるわ。きっと見つかるわよ。だから、心配しないで。しばらく暮らすだけの貯金はあるから。これでもし、仕事が見つかれば……」エデンはそう言ってため息をついた。「でも、雇ってくれるところなんてあるかしらね」

マーリーはふと考え込んだ。「レイのオフィスで働くのはどう？　たぶん大丈夫だと思うわ。女性が一人、来月から育児休暇に入るの。その後釜《あとがま》に入ればいいわ。経験を積むチャンスよ。臨時の仕事だけれどね。レイに頼んであげましょうか？」

「ええ、でも……どうしようかしら？　マーリー、だってレイはルークの弟でしょう？」

「お願い」マーリーが琥珀《こはく》色の目を見開いて懇願した。「せめてこれぐらい、わたしに手伝わせて。レイにはこのことはルークに言わないよう口止めしておくから。約束するわ」

エデンの喉に熱いものがこみ上げた。「ごめんなさい、せっかくのおめでたいニュースを台無しにして……。でもマーリー、本当におめでとう。結婚して子供を産むのがあなたの夢だったものね」

「ありがとう。でも、エデン、あなたにも幸せになってほしいわ。これまでずっと面倒を見てもらったお返しを、今度はわたしにさせて。だからレイのオフィスの仕事のことを考えてみてね」

「わたしにできるというのなら……」エデンはおずおずとほほ笑んだ。安易な解決という気がしないでもないが、もし仕事が決まればこれで心配の種が一つ減ることになる。

エデンの答えにマーリーの顔がぱっと輝いた。「明日電話するわ」

「ありがとう、マーリー。ごめんなさいね、わたしったら……」

「エデン、謝らないで」マーリーが遮った。「打ち明けてくれて嬉《うれ》しかったわ。でも、どうしてもっと早く打ち明けてくれなかったの？　わたしたち、なんでも話せる親友のはずよ」

エデンは無理にほほ笑んでみせた。「でも今日の話はちょっと重荷になるかもしれないわね」

「そのための親友でしょう？」エデンはきっぱりと言った。「家探しに助けがいるときは、必ず連絡してね。エデン、約束よ」

「わかったわ」

翌日マーリーは電話をよこし、例のポストは一カ月後に空くけれどどうか、と伝えてきた。エデンは承諾し、レイにも礼を伝えてほしいと頼んで電話を切った。

エデンはマーリーの妊娠のことをルークに知らせなかった。話している途中で取り乱したりするのがいやだったし、話してルークの無関心な反応を見るのもいやだった。

それからまた、週末がやってきた。エデンとルークはディナーパーティに招待されていた。ルークは珍しくエデンの服を選ぶと言って、高価な服が詰まったクロゼットに入っていった。しばらくしてルークが手に持ってきたのは、ゆったりとしたローウエストでそこからフレアースカートが広がるデザインのドレスだった。しかも色はほっそり見える黒だ。

まだおなかが出てきてはいないものの、もうウエストと呼べる腰回りではなくなっていたので、エデンはほっと胸を撫《な》で下ろした。

着替えをすませ、出かけるばかりになったとき、ルークがエデンに目を閉じてじっとするよう言ったので、彼女はそのとおりにした。首のまわりに何かがかけられる。エデンの心は沈んだ。これ以上ルークから貰うわけにはいかない。あと一週間、あるいは二週間したらわたしはここから出ていかなくてはならない身だ。彼の人生から永遠に消えなくてはならないのだ。

それは真珠のネックレスだった。本物の真珠だ。高価な買い物だったに違いない。エデンは顔から血の気がひいていく思いだった。まさか、お店に返して、と言うわけにはいかないし……。

「とてもきれいね」彼女は喘《あえ》ぐように言った。「でも、わたしのために宝石を買ったりしないで。とても受けとれないわ」

「どうしてだい?」ルークはネックレスをはずそうとするエデンの手を止め、顔をしかめた。「君に持っていてもらいたくて、特別注文したんだ」

「でも高価すぎて、わたしには……」

ルークは肩をすくめた。「君はそんなことを気にしなくたっていいんだ。僕は、ネックレスをつけている君の姿を見るのが嬉しいんだから。エデン、そのままにしておいてくれ。

僕のために」ブルーの瞳は喜びに輝き、エデンの姿に見とれている。

「わかったわ」エデンはしぶしぶネックレスから手を離した。「でも、ルーク、これはあなたのものよ。わたしのものじゃないわ。そのことを覚えていてね」

ルークは再びしかめ面になった。「このネックレスは君のものだよ。君の好きなときにつければいいんだ」

その晩、真珠のネックレスをつけたエデンは、まるでロープに首を締めつけられているような気持だった。これ以上騙し続けるのはよくないと、いつにも増して思う。もうおしまいにしなくては……。ルークを永遠に失うのかと思うと、苦しくて胸が押しつぶされそうだが、そうするしかない。エデンは自分に厳しく言い聞かせた。

週が明けるとすぐに、エデンは家探しを開始した。ごく簡素な間借りでも家賃は驚くほど高い。彼女はさんざん探し回ってようやく家賃が払えそうな部屋を見つけた。安っぽい家具付きの部屋で、隣に専用のバスルームがある。キッチンはほかの三人の間借り人たちと共有しなければならないが、それはどうにか我慢できそうだ。それより専用のバスルームがあるかどうかが重要なポイントだった。

契約書にサインをし、保証金と一カ月分の前家賃を払う。場所柄はけっしてよくはなかったが、ルークのフラットは湾の反対側と離れているし、目の前のバス停からレイのオフィスのすぐそばまでバス路線が通っている点を考えれば、いい場所と思わなければならない。

住む場所が決まると、ルークのもとにとどまる言い訳はもうなくなった。いよいよ別れを告げるときが来たのだ。もう一晩だけ、と心が懇願している。もう一晩だけルークと一緒に過ごしたい。一晩中愛し合って、それを最後の思い出にしよう。

エデンは夕食にルークの好きなメニューを選んで作った。シャンペンを冷やし、二人が特に気に入っている音楽のCDをかける。ダイニング・テーブルには花を飾り、キャンドルを立てた。そして準備が終わるとゆったりしたシルクの室内着に着替えた。いろいろな色合いのブルーが交じり合って色白の肌をひき立てる。ルークが選んでくれたものだ。

「今夜はお客があるんだったかな?」仕事から戻ったルークがロマンティックなテーブルセッティングを見て尋ねた。

「いいえ、わたしたちだけよ」エデンはルークの首に両手を回しながら答えた。

「それじゃあ、僕が何か大切な記念日を忘れたのだろうか？　君の誕生日とか……」

ルークの少しあせった様子に、エデンは軽く声をたてて笑い、首を横に振った。「ルーク、わたしにとってはあなたと一緒にいられる一日一日が大切な記念日よ。昼も夜も……。そのことを忘れないで」エデンは限りない愛をこめてルークを見つめた。

「僕もだよ」ルークは静かな声でそう言うと、そっと彼女の唇にキスをした。

それは美しい晩だった。すべてがエデンの望んだとおりに運んでいく。優しく、熱く、、そして激しく時間が流れていく。エデンはようやくルークの腕の中で眠りについた。ルークに軽く揺り起こされて目を覚ます。すでに彼は着替えてオフィスへ出かけるところだった。

「コーヒーを持ってきたよ」ルークはそう言いながら、ベッドの横のテーブルで湯気を立てているコーヒーカップを顎で示した。それから、かがみ込んでエデンの額にキスしてから言った。「もう遅刻しそうだから、急いで行くよ」

両腕を首に回して抱きしめる余裕もない。ルークの唇があっという間に遠ざかっていく。足早にドアに向かうルークを、エデンはじっと見つめた。

ドアのところでちょっと立ち止まり、ルークが手を振る。「いってくるよ」その言葉と共に、彼の姿は見えなくなった。

エデンは重苦しい心で荷造りを始めた。ここに引っ越して来たときと同じ荷物だけを持っていくのだ。ルークが買ってくれたものはすべてここに置いていく。荷造りがすむと彼女はタクシーを頼み、荷物を町の反対側にある新しい部屋へ運んだ。狭いので観葉植物は四鉢しか入らず、あとはルークのフラットに置いていかざるを得なかった。引っ越しは一日がかりだった。ようやくすべてが片づいたとき、疲労困憊《こんぱい》したエデンの顔は青ざめていた。

エデンは最後の別れを告げにフラットへ戻り、テラスに出てルークの帰りを待った。わたしがいなくなったら、おそらく彼はこれらの草花をすべて処分してしまうだろう。わたしの痕跡《こんせき》をすべて消し去ろうとするはずだ。

ルークの帰宅する時間が近づく。エデンはキッチンへ行ってハンドバッグとタクシー会社の電話番号が書いてあるカードを電話のそばに置いた。それからカウンターにもたれかかりながら、どう話を切り出すかを考え始めた。

10

「エデン？」背後からルークの嬉《うれ》しそうな声が聞こえる。

エデンは大きく深呼吸をして、声をかけた。「ルーク、ここよ。キッチンにいるわ」

ついに恐れていた瞬間がやってきた。廊下から聞こえてくる軽やかな足音は、まるで弔いの鐘の音のようだ。エデンの心臓がゆっくり重苦しく打ち始める。額に汗がにじみ、てのひらがじっとりと濡《ぬ》れてくるのがわかった。

ルークの姿がキッチンの入口に現れた。ハンサムな顔いっぱいにほほ笑みを浮かべ、ブルーの瞳は家に帰ってきた喜びに輝いている。エデンのもとへ帰ったことが嬉しくてしかたがない、といった様子だ。彼はわざと眉をつり上げた。

「今夜の食事は何もなしかい？」

エデンは〝いいえ〟と言おうとしたが、喉が締めつけられて声が出ない。

ルークはエデンがだぶだぶのTシャツの裾《すそ》で両方のてのひらの汗を拭《ぬぐ》うのを目に留め、訝《いぶか》しげな表情になった。さらに彼女が色褪《あ》せたジーンズをはいていることに気がつき、ますますその表情が深まる。ルークはエデンの顔に鋭い視線を投げかけた。青白く汗ばんだ肌、思い詰めたような目。

「エデン、どこか具合でも悪いのかい？」ルークは急に心配顔になった。

そうなの。エデンは心の中で言った。胸が張り裂けそうに痛いの。もしわたしを本当に愛していたら、子供がいても構わないと言って。わたしたちの子供よ。お願い！

〝危険を冒さなくてはご褒美は手に入らないよ〟エデンの頭の中にルークの言葉がよぎる。どうぞご褒美が手に入りますように……。エデンは深く息を吸い込みながら一心に祈った。「ルーク、わたし妊娠しているの」

その小さな声がルークに与えた衝撃は、信じられないほど大きかった。ブルーの瞳は輝きを失い、顔面が蒼白《そうはく》になっていく。唇を固く結び、肩で息をしているのがわかった。そして両手を拳《こぶし》にしてしっかりと握りしめている。

あたりに息苦しいまでの沈黙が流れた。二人とも身動き一つしない。エデンは息を詰めてルークの言葉を待った。

「それで、君はどうするつもりなんだ？」ようやく聞こえてきたのは、抑揚のない声だった。

エデンはじっとルークの顔を見た。まったくの無表情で、何を考えているのかわからない。エデンのかすかな望みは絶たれた。〝君はどうするつもりなんだ？〟とルークは尋ねた。〝僕たち〟という言葉は使わなかった。わたしの赤ん坊なのだ。彼には関係ない、と言いたいのだろう。

「産むつもりよ」

再び緊張に満ちた沈黙が流れる。ルークが拳を握り直した。やがて口元がゆっくりと歪《ゆが》み、嘲《あざけ》りの笑いが浮かんだ。

「なるほど、昨夜《ゆうべ》のパーティのわけがわかったよ。僕の機嫌をとろうとしたんだな」

その言葉はエデンの胸をぐさりとつき刺した。痛みのあまり、話すこともできない。彼女はただぼんやりとルークを見つめるだけだった。視線を逞《たくま》しい肩、厚い胸、長い脚へと滑らせる。昨夜わたしに熱く触れ、激しく絡み合った体。あれが愛の行為だったと、この人にはわからないのだろうか？　今この瞬間にも、きつく抱き寄せて大丈夫と言ってもらいたいのに、この人は気がついていない。わたしがこんなに苦しんでいるのに、この人にはそれが見えないのだろうか？

「どうしてなんだ？」ルークは彼女に近寄ろうともしない。「一緒に暮らすだけでは十分じゃなかったのかい？　やはり結婚も子供も欲しかったというわけか。妊娠したら僕が折れるだろうと思ったんだね？」

静かな口調だが、苦々しさがにじみ出ている。おそらく最初の結婚のいきさつを思い出したのだろう。たしか、相手が妊娠して結婚したと言っていた。けれども最初の奥さんとわたしは違う。勝手に思い込まないでほしい。

「違うわ、ルーク。わざと妊娠したわけじゃないのよ」エデンはからからに乾いた唇の間から声を絞り出した。「たまたまこうなっただけなの」

ルークが軽蔑《けいべつ》に満ちた笑い声をあげる。「子供は欲しくない、とあれだけ警告したはずだよ。今どき、たまたま妊娠するなんてことはないんだ。それにエデン、君はピルをのんでいると言わなかったかい?」彼は非難に満ちた目でエデンを見た。

「そうよ」

「それならエデン、どうして妊娠したんだい?」

「ピルをのみ出す前のことよ。マーリーの結婚式の晩」

ルークは、思いがけないエデンの言葉に一撃をくらったかのように一瞬体をよろめかせた。頭の中で日付の計算をしているのがはっきりわかる。「でも、あれは四カ月も前のことだ!」

「そうよ」

沈黙が流れた。すべてを押しつぶすような沈黙だ。彼は記憶をさかのぼっているのに違いない。エデンに生理があったはずの期間、少しずつふくよかになっていった体型――たくさんの小さなことが、今、新しい意味を持ち始めているのだろう。ルークは嫌悪感に顔を歪めた。

「君は何カ月も僕に嘘《うそ》をついて暮らしてきたわけだ」ルークは冷ややかな声で言った。

「ええ」

「どうしてだ？」

「あなたと一緒にいたかったからよ」

「できるだけ僕から甘い汁を吸いとろうという魂胆だったんだな」

エデンは呆然《ぼうぜん》としたまま、しばらく口を開くこともできなかった。信じられないという気持が、やがてあきらめに変わっていく。彼女はじっとルークのブルーの瞳を見つめた。

「きっと、一緒にいる幸福をもっと味わっていたかったんだと思うわ。わたしの妊娠が知られてしまったら、この生活もおしまいになると知っていたからよ」

「嘘と騙《だま》しか。君だけは正直な女性だと思っていたのにな」ルークが吐き捨てるように言った。

エデンの顔が紅潮した。妊娠がわかったとき、すぐに告げなかったのは間違いだったのかもしれない。けれども、わたしは何食わぬ顔で二人の生活を楽しんでいたわけではないのだ。彼が喜びを享受していた間、わたしは罪の意識にさいなまれ続けた。それでも、わたしを平気で嘘つき呼ばわりするのだろうか。

「もし、わたしが妊娠の事実をすぐに告げていたら、あなたはどう思ったかしら？　一緒に暮らし始めてほんの数週間後よ。服をどっさり買い込み、わたしにさんざん投資した直後よ。それでもあなたはわたしに正直に告げてほしかったかしら？　それこそ騙されたと思ったんじゃなくって？」

「金の問題じゃない」ルークは怒りを吐き出すように言った。「僕が言っているのは……」苦悩に満ちた顔が歪む。「信頼の問題だ」

「あなたにとってそれが一番大切なことだったとしたら、期待にそえなかったことはお詫《わ》びするわ」エデンは、急にどうしようもない疲労感に襲われた。「嘘をつくのは本当にいやな気持だった。嘘をつくたびにわたしの一部が死んでいくような気がしたわ。もう嘘をつかなくてもいいと思うと、ある意味では嬉しいの。これで元のわたしに戻れるから」

固く結ばれていたルークの口元がぴくっと動いた。ブルーの瞳に浮かんでいた非難の色が、かすかに陰る。彼はむっつりした表情のまま、キッチンの中を行ったり来たりし始めた。それから足を止めてエデンの方に向き直った。けれども彼女の顔を見ようとはしない。

「マーリーの結婚式の晩の出来事で君を一方的に非難することはできない。君はひどく混乱していて、いつもの君ではなかった。それに君がピルをのんでいるか確認するべきだったよ。最近はほとんどの独身女性がピルをのんでいるから、僕はてっきり君も……」

ルークはそこで肩をすくめた。

「それについては僕が軽率だった」ルークは顔を上げてエデンをじっと見た。「エデン、悪かったよ。急に言われて冷静に考えることができなかったんだ。まさか、こんなことが起きるとは思ってもいなかったんでね」

「わたしだってそうよ」

「エデン、出ていっちゃだめだ」

「どうして?」エデンは立ち上がった。「最初に約束したでしょう? わたしの好きなときにいつでもここから出ていって構わないって。ルーク、そのときが来たの。引っ越しはすんだわ。今夜わたしがここに戻ってきたのは、出ていく理由をあなたに説明しようと思ったからよ」

エデンはルークに背を向け、電話に手を伸ばした。

「待つんだ!」

「もうお別れよ、ルーク」エデンは受話器を取り上げてタクシー会社の電話番号を回し始めた。

「エデン、やめないか!」ルークの口調はせっぱ詰まっている。エデンは番号を押す手を速めた。すると、ルークがエデンの目の前に回り込んで受話器を奪いとった。「僕が君に出ていってほしくないのと同じくらい、君だって本当はここから出ていきたくないはずだ。そうでなければわざわざ嘘までつく必要はなかったのだから」ルークはそう言ってエデンを抱きすくめようとした。

「わたしに触らないで!」エデンはさっと身をひいた。「もう二度とわたしに触らないでちょうだい！」彼女はキッチンカウンターの上からハンドバッグを取り上げ、後退《あとずさ》りすると、苦々しい思いでルークを睨《にら》みつけた。

ルークはわけがわからないという表情をしている。

「エデン、いったいどうしたというんだ？　僕は君を傷つけるつもりなんかこれっぽっちもないよ。僕は……」

「あなたがどうしたっていうの！」エデンは激しい感情の波に翻弄《ほんろう》されながらも、ルークをじっと見据えた。「ルーク、あなたはいつも自分のことばかり考えているのね。わたしの気持なんてどうでもいいんだわ。さっき妊娠したことを話したとき、わたしがどんなにあなたに抱き寄せてもらって〝大丈夫だよ〟と言ってほしかったか、あなたにはわからないでしょうね。あなたが考えるのは自分の気持だけ。わたしがどれくらいあなたの期待を裏切ったか、それだけなのよ」

ルークの顔は蒼白になった。「エデン……」右手がおずおずと何かを訴えるように差し出される。

エデンは首を横に振った。「ルーク、あなたこそわたしの期待を裏切ったわ。だからもうこれ以上、わたしに近寄らないで」

「エデン！　それはあんまりじゃないか！　いきなり打ち明けられて、混乱しないほうがおかしいよ。それに、僕は君のことを考えているつもりだ。もし君が僕の子供を産むとしたら、君は……」

「もし、ですって？」エデンの口からヒステリックな笑いが漏れた。ルークを睨みつける目に激しい軽蔑の色が浮かぶ。「ルーク、あなたの気が楽になるようにしてあげるわ。マーリーの結婚式の直前の週末に、ジェフがパースから戻っていたと思えばいいのよ。これでわたしのことなんかすっかり忘れてしまえるでしょう？」

エデンはルークの顔にさまざまな感情が交錯するのを見た。彼女はくるりと向きを変え、キッチンを出ると、廊下を通ってエレベーターへ向かう。ルークは後を追ってこなかった。声もかけてこない。もし、彼がそうしたとしても、エデンは無視しただろう。

エレベーターを降りて建物の玄関をくぐり、外の通りへ出る。運のいいことに、すぐ近くで二人連れがタクシーを降りた。タクシーの運転手はすぐにつぎの客が見つかって気をよくしている。彼女は後部座席に乗り込んで住所を告げた。車が走り出し、ルーク・セルビーからどんどん離れていく。これから彼のいない人生が始まるのだ。

わたしにはご褒美がなかったんだわ。エデンの心は沈んだ。むなしい人生だけがわたしを待っている。不幸が道連れだなんて……。

ルーク・セルビーに本気で恋したわたしが愚かだった。やはりマーリーの言うとおり、わたしにはルークはふさわしくなかったのだ。

そのとき、エデンはおなかの中がかすかによじれたように感じて、とっさに手を当てた。

しばらくして、今度は波打つように感じた。エデンの心は畏敬《いけい》の念に打たれた。胎動？　これを胎動と言うのだろうか？　わたしの中で新しい生命が息づいている。わたしがもう一人ぼっちではないと、おなかの中から伝えようとしている。

そう考えると、不思議なくらい心が静まった。これからわたしと赤ん坊にどんな未来が待っていようと、わたしたちはいつも一緒だ。けっして一人ぼっちではない。

11

翌朝エデンは遅くに目が覚めた。狭いシングルベッドはマットレスの真ん中が沈んでいる。彼女は新しい部屋にゆっくり視線を巡らせた。窓から見える景色はラベンダー湾ではない。草花溢《あふ》れるテラスもないし、傍らに愛する男性もいない。これが現実、そして未来だ。経済的に余裕ができるまでは、ここに住むことになるだろう。

少なくともつわりが軽くなっただけ感謝しなくてはいけない。エデンはベッドから下りてバスルームへ入っていった。洗面台とシャワーとトイレだけの簡素な作りだが、自分専用だし、不満はない。洗面台の上のキャビネットは扉が鏡になっていた。小さいが、エデンには十分だ。体型が変わっていくのを見たくはない。毎朝、目の下に隈《くま》ができた青白い顔を見るだけでも気が重いのだ。

彼女はシャワーを浴びて着替えると、共同のキッチンへ下りていった。ドアのそばに赤い公衆電話が置いてある。そうだ、マーリーに電話をしてルークと別れたことを知らせなくては。ルークのフラットに電話して、わたしが行き先も告げずに出ていったと聞いたら、マーリーはひどく心配するだろう。彼女だって妊娠しているのだ。心配は母体によくない。

マーリーは電話がエデンからだとわかるやいなや、心配そうな声で一気に話し出した。

「ああ、よかった！　ずっと心配していたのよ。エデン、今どこにいるの？　これからすぐに行くわ」

わたしがルークのフラットを出たことをすでに知っているんだわ。エデンは一瞬驚いた。ルークが伝えたに違いない。おそらく〝エデンが出ていった。行き先は知らない〟と無愛想に言ったのだろう。だからマーリーは取り乱しているのだ。

「わたしは元気よ」エデンはしっかりした声で言った。「だから心配しないで。とても落ち着いたいい部屋を借りたわ。あとはレイのオフィスで働くのを待つばかりよ」

「本当に部屋が見つかったの？」マーリーの声にはエデンの言葉を疑っている響きがあった。「作り話じゃないわよね」

エデンは胸を締めつけられる思いだった。わたしがルークに嘘《うそ》をついていたせいで、マーリーもわたしを信じなくなっているのだ。「マーリー、大丈夫。安全でちゃんとした部屋よ」

長い沈黙が流れる。「でもわたし、あなたに会いたいの」

「今日は無理だわ」エデンは断った。ルークと別れたときのいきさつは話したくない。

「とても忙しいの。買い物がたくさんあるし。来週にでも一緒に昼食を食べましょうよ。

それまでにわたしも落ち着くだろうから」

「エデン……」マーリーの深いため息が聞こえてくる。「ルークと別れるのを少し急ぎすぎたんじゃないかしら?」

「いいえ、遅かれ早かれそうせざるを得なかったの。これでよかったと思っているわ」

「でもエデン……」もう一つため息が聞こえた。「昨夜《ゆうべ》ルークがあなたを捜しにここへやってきたの。わたしがあなたの居所を知らないと言っても、初めは信じてくれなかった。彼はひどく取り乱していたわ。ここを出て一時間ほどして、また戻ってきたのよ。あなたから電話はなかったかどうかって。すっかり打ちのめされていたわ。あなたから子供ができたことを打ち明けられたときにひどい態度をとってしまったから、その埋め合わせをきちんとするつもりだって。あなたの居所がわかったらすぐに知らせてほしいって頼まれたわ」

彼は良心の呵責《かしゃく》を感じているだけ、それだけよ。エデンは苦々しく考えた。「それじゃあ、わたしが安全な場所で元気に暮らしていて、彼を必要としていないことをあなたから伝えてちょうだい」

「エデン」マーリーが懇願するような口調で言った。

「それからあなたを付け回すのはやめるようにも言って。だってあなたはわたしの友達で、わたしの味方なんだから。もっとも、今でも味方になってくれるならの話だけれど」

「エデン！　もちろんよ。わたしはいつまでもあなたの味方よ。ただ……ただ、ルークがあなたを本当に愛しているんじゃないかって思ったものだから。それに、埋め合わせをきちんとするって言っていたわ」マーリーはエデンを説得するように言った。

「もう遅いわ！　マーリー、ルークにはそのチャンスがあったのよ。でも、彼はそうしなかった。今さらやり直しはきかないわ」

埋め合わせですって？　きっとお金で話をつけようというのだ。それがルークのやり方だから。けれどもわたしにはその手は通じない。どんなにお金を積んでも買えないものがあることを、思い知るといいんだわ。

「わたしの居所はわからないと言えばいいわ。だって本当のことですもの」エデンは憤慨した口調で言った。

「エデン……」

エデンは急いで声の調子を変えた。マーリーを心配させてはいけない。「マーリー、それが一番いいのよ。わたしを信じて。それにあなたは心配しないでね。わたしは本当に元気よ。来週また電話するわ。お昼でも一緒に食べましょう。ただ、ルークの話はしないでね。彼の名前も聞きたくないの。約束してちょうだい」

電話を切ったあと、エデンは全身が震えているのに気がついて、しばらく椅子で休まなければならなかった。

その晩、彼女はほかの間借り人たちと初めて顔を合わせた。三人とも若い娘だ。いずれも近くの専門学校に通っているらしい。その中でも、顔の表情がとても豊かで元気いっぱいの娘に興味をひかれた。名前はケイト・リード。背が高くて痩《や》せている。おそらくあまり元気がありすぎて、いくら食べてもすべて燃焼し尽くしてしまうからだろう。髪はもじゃもじゃの赤毛で、淡い褐色の瞳に知性をきらきら輝かせていた。

「わたし、美術学校の四年生よ」ケイト・リードはエデンに言った。「織物とドレスのデザインを専攻しているわ」

「そしていつか、自分の名前のブランドを売り出して有名になるのよね」ほかの二人のうちの一人が笑いながら付け加える。「そうでしょう？　ケイト」

「今のうち、せいぜいからかうといいわ。そのうちわたしのブランドが高嶺《たかね》の花になっても知らないわよ」ケイトも笑いながら言い返す。

エデンはファッションデザイナー、ポーラ・マイケルソンとして活躍しているポーラ・スタフォードのことがふと頭に浮かんだ。彼女に作ってもらった服の数々……。思い出してはいけない。エデンは自分に言い聞かせた。あれはすべて過去のもの。もうわたしの人生とは関係ないのだ。おしゃべりがひとしきりすんで、ケイトから作品を見ないかと声をかけられたとき、エデンはすぐに承知した。ケイトとは友達になれるかもしれない。

ケイトの部屋に一歩足を踏み入れると、あっと驚いた。同じ部屋なのにここまで雰囲気を変えられるとは……。グリーンと紫と黄色が部屋中にシンフォニーを奏でている。全部オリジナルの生地らしい。部屋の隅にミシンが置いてあり、テーブルにはデザイン帳がうずたかく積まれてあった。どれもすばらしく魅力的なデザイン画だ。

「あなたって才能があるのね！」エデンはデザイン帳をめくりながら、感嘆の声をあげた。

「才能は大あり」ケイトが苦笑する。「でも、自分で商品化する資本がないの。それでも、どぶからはい上がってやっとここまでたどり着いたのよ。必ず上り詰めてみせるわ。期待していてね」

「どんな人生を送ってきたの？」エデンが思いやりに満ちた声で尋ねた。

話を聞いていくうちに、ケイトがエデンと同様、貧しくて家庭に恵まれなかったことがわかり、二人はたちまち意気投合した。お互いに身の上話を語り合う。もちろんエデンはルークの存在は伏せておいたが、いずれおなかが目立ってくるのは止めようのない事実だ。そこで、エデンはケイトに自分が妊娠四カ月であることを伝えた。

「赤ん坊の父親は、このことを認めたくないんでしょう？」ケイトがシニカルに尋ねる。

「ええ」

「わたしの父親もそうだったわ。楽しむだけ楽しんで、あとは知らん顔」ケイトはほんのしばらくふさぎ込んだ顔になった。が、それから急に何かを思いついたようにぱっと表情が輝いた。「そうだわ。エデン、わたしがマタニティドレスを作ってあげる。おなかがぜんぜん目立たないようなデザインを考えてあげるわ。今度の週末に生地を買いに行きましょうよ。どう、いいアイディアでしょう？　それにお金もずいぶん節約できるわ」

「でも、ケイト、そんな……」そう言いながらも、エデンの目は思わず部屋の隅にあるミシンに向けられた。

「あっという間にできるわ。わたしはミシン仕事が早いの」ケイトは得意そうに言った。

「それじゃあ、せめて作ったドレスをわたしに買わせて」エデンは強く主張した。

「あなた、お料理は得意？」

エデンはだしぬけにきかれてとまどった。「ええ、でも……」

「それじゃあこうしましょう。わたしは家庭料理が大好きなの。でも料理の腕は最低。だから、ときどきわたしにおいしいご馳走《ちそう》を作ってくれない？　それでおあいこよ」

「それだけじゃおあいこじゃないわ」エデンはしきりに恐縮した。

「文句はなしよ。それに、わたしにもいい経験になるわ。もしかしたらマタニティドレスでわたしのオリジナリティを出せるかもしれないもの。あなたは最高のモデルだわ。美人だから着映えがするでしょう？　もしかしたら町を歩いていて、ファッション雑誌のカメラマンの目に留まるかもしれないわよ」

エデンは笑った。同時に目頭が熱くなる。

「いいわね？」ケイトが念を押す。

「ええ」エデンは頷《うなず》いた。「ありがとう、ケイト」

ケイトは少し照れたように笑った。「わたしはね、おだてとおいしい食事があると、がんばっちゃう性格なの」

「わたし、あなたのために最高の料理を作るわ」エデンが約束した。

それからの日々、エデンは明るいケイトの存在にどんなに助けられたかわからなかった。彼女と話していると、こちらまで元気がわいてくる。翌週マーリーに会ったときも、エデンは明るい顔で出かけることができた。

いよいよレイのオフィスで仕事を始める日になった。エデンはケイトが作ってくれた紺と白のマタニティドレスを着た。これからますます大きくなっていくおなかを計算に入れて、上手にデザインされている。しかも実際に着てみると、とてもマタニティドレスには見えない。これならオフィスでも大丈夫、けっして場違いではないわ。エデンはすっかり自信を持った。

受付で名前を告げると、一、二分でレイが出てきてエデンを仕事場へ案内し、仕事をひき継ぐことになっている女性にひき合わせてくれた。その女性はエデンより五、六歳年上で、妊娠八カ月だった。一週間後に産休に入るという。彼女はエデンに仕事の内容を懇切丁寧に説明し、エデンが実際にするのを見てくれた。

第一日目が終わるころ、エデンはなんとか仕事をこなせそうだという満足感を得た。帰り支度をしていると、レイが仕事場に顔を覗《のぞ》かせた。なんとなく不安そうな表情をしている。無理もない、とエデンは思った。わたしはマーリーの友達というだけで、仕事にはまったくの素人なのだから。

「どうだった?」レイが尋ねた。

「大丈夫よ、レイ。なんとかやれるわ」

レイがぎこちなくほほ笑む。「そうだろうと思っていたよ。君は、こうと決めたらぜったいにやりとげる性格だってマーリーが言っていた」

エデンは笑った。「それはマーリーの褒めすぎよ。でもレイ、期待は裏切らないと約束するわ」

レイはその言葉にますますぎこちない様子になった。エデンを探るように見ている。

「エデン、マーリーと僕は君によかれと思ってしているんだ。それを忘れないでくれるかい?」

「もちろんよ。素人のわたしに仕事をくださったことを、心から感謝しているわ」エデンは真面目《まじめ》な顔で言った。

「僕たちにできることならなんでも言ってほしい。もし君がマーリーを見捨てたら、彼女は本当にショックを受けると思うから」

「そんなことはけっしてしないわ」エデンは驚いてレイの言葉を否定した。わたしがマーリーを見捨てるだなんて……。彼はわたしをそんなふうに考えているのかしら？

「それならいいんだ」レイは不安げな響きを残して立ち去った。

マーリーはわたしから見捨てられたと感じているのかしら？　エデンはエレベーターを降りながら、レイの言葉が気になってしかたがなかった。家に着いたらすぐに電話してみよう。それに、仕事第一日目の様子も報告しなくてはならないから。

レイの会計事務所は金融街の大きなビルの中にあった。エレベーターのドアが開くと正面玄関のあたりには大勢の人の姿が見えた。みんな急いで家路につくのだろう。オフィスで働くのが初めてのエデンには物珍しい光景だ。

回転ドアをくぐって通りに出たとき、エデンは再び胎動を感じた。思わず立ち止まって、マタニティドレスの上からおなかを撫《な》でる。数秒後にもう一度赤ん坊が動き、エデンは一人顔をほころばせた。そのとき通行人の肩がぶつかって、彼女ははっと我に返った。どうやら人の流れを邪魔していたらしい。

顔を上げると、すぐ目の前にルークが立っていた。こちらをじっと見つめ、気がつくのを待っていたようだ。

全身が燃えるように熱くなる。エデンは、ブルーの瞳に浮かぶ荒々しい欲望にひき寄せられそうになる自分を必死で抑えながら、くるりと向きを変え、一つ先の通りにあるバス停まで歩き始めた。

なるほど、レイがぎこちなさそうにしていたのはこのことだったんだわ。自分の兄のためにわたしを裏切ったというわけね。エデンは足早に歩きながらぼんやりと考えた。マーリーは？　マーリーもレイに同意したのかしら？

「エデン！」思い詰めたようなルークの声が聞こえる。

エデンは生傷をさらにえぐられたような気がした。

「エデン」ルークが再び声をかけた。「僕が悪かった」

「なんの話？」エデンは思わず言い返した。

「すべて、僕が悪かったよ」

エデンはルークの言葉を信じなかった。自信家の彼がすべてについて自分の非を認めるわけがない。とはいうものの、目の前にあるのは自信家というより、余裕を失っている男の顔だ。

「エデン、あの晩の僕の態度を許してほしい」ルークの低い声から悲痛な響きが聞こえてくる。「愚かで一方的だったと深く後悔しているよ」

「でも、あれがあなたの本心だったのよ」エデンはそっけなく言った。あの晩のことは思い出したくなかった。歩き続けるのよ。ルークを見てはいけない。彼女は自分に言い聞かせた。

「でも、今は違う」ルークは反論した。「エデン、僕たちはうまくやっていた。それは君にだって否定できないはずだよ」

「ルーク、愚かな夢を見ただけよ」

「君を愛しているんだ」

足が止まりそうになり、エデンは必死で前に出した。

「いいえ、そんなはずないわ」彼女は厳しい口調で言った。「ルーク、あなたは愛が何か、わかっていないのよ」

「でもエデン、君なしの人生は無意味だということはわかっているよ」

「小さな存在を一つ忘れているわよ」エデンはおなかを指さしながら嘲《あざけ》るように言った。

「もうわたし一人ではないの」

「子供も欲しい」

エデンは思わず立ち止まった。嘘だ、嘘に決まっている。もう一人の子供に対しても、彼はまったく無関心だというではないか。そんなルークが子供を欲しがるわけがない。

「エデン……」

「やめて！」エデンは激しく首を横に振った。「もうあなたの話は聞きたくないわ。二度と結構よ」

動こうとしない足を無理やり押し出す。角を曲がると、バス停に彼女の乗るバスが見えた。乗客が並んで乗り込んでいる。エデンは走り出した。なんとかルークから逃れなくては……。愚かな夢をもう見るつもりはない。エデンは発車する寸前のバスにやっとの思いで飛び乗った。走ったせいで頭がくらくらする。彼女は空いている座席に腰をかけ、目を閉じた。

だれかが横に乗り込んでくる。エデンは目を閉じたまま体をずらした。まだ心臓が激しく鳴っていて、体の震えが止まらない。バス停をいくつか過ぎたあたりで彼女はようやく落ち着きを取り戻した。

「エデン……」

エデンはショックに目を大きく見開いた。ルークだ。振り切ったかと思っていたのに、隣に座っているとは！

「どうしてわたしに付きまとうの？」エデンは絶望的な気持になった。「ルーク、無駄なことよ」

「僕にチャンスを与えてほしい」

エデンは短い嘲笑《ちょうしょう》の声をあげた。「わたしにチャンスを与えないでおいて、自分は欲しいというわけ？　あなたらしいわね」

「お願いだ。僕にチャンスをくれ」

「チャンスを貰《もら》ってどうするつもりなの？」エデンはうんざりして尋ねた。

ルークはわずかの沈黙のあと、静かな声で言った。「エデン、僕と結婚してほしい」

12

エデンは思わず鋭い目でルークを見た。結婚だなんて、信じられない！

愛する夫と幸福な子供たち、そして頑丈な家に美しい庭……。エデンの心の中に結婚のイメージが浮かぶ。けれども、ルークとでは不可能だ。ぜったいうまくいくはずがない。

「ルーク、結婚はもう二度としないはずじゃなかったの？」エデンはそっけなく言った。

「エデン、君となら結婚したい」

「おなかの子供のために？」エデンはわざと尋ねた。

「そうじゃない。君にずっとそばにいてほしいからだ。君なしの人生は送りたくないんだ。結婚はしないなんて初めに言った僕が愚かだったよ」

ルークの言葉は真剣そのものに聞こえる。けれども子供の話には一言も触れていない。まるで存在していないかのようだ。エデンは首を横に振った。

「ありがとう、ルーク。でも……」

「答えはノーかい？」

「そうよ」

「どうして？」

「だって、あなたは心の底で、わたしに無理やり結婚させられたと思い続けるに違いないもの。そしていつかその不満が爆発するわ。そんなの、もっと不幸よ」

「そんなことはぜったいに起こらない」

「いいえ、きっと起こるわ」エデンは悲しい顔で言った。「わたしはあなたを騙《だま》したあげく、今度はあなたの欲しがっていない子供を産もうとしているのよ。そんなわたしたちが、お互いを信頼し合えるわけないでしょう？」

「エデン、君はあの状況では、嘘《うそ》をつくしかなかったんだ」ルークは静かな声で言った。「僕が君を追い詰めたんだ。本当に悪いことをしたと反省しているよ。そして、妊娠を打ち明けてくれた君のことをさんざん非難した僕を許してほしい。もうけっして君に辛《つら》い思いはさせない。お願いだ。僕にそれを証明させてくれ」

エデンはイエスと言ってしまいたい誘惑にかられた。心臓がどきどきしてくる。いけない。ルークは本気で言っているわけではないのだ。それが証拠に、子供の話には触れないではないか。どれほどわたしが彼を求めているか、彼のもとにとどまるためにわたしがどれほど犠牲を払ったか知っていて、ルークは巧みにわたしだけを取り戻そうとしているのだ。だがいずれ、子供のためにまた別れなければならなくなる日が来るだろう。

「いいえ」エデンはきっぱりと言った。「わたしは一人で大丈夫。そのほうがいいの。ルーク、あなたのところには戻らないわ。これ以上辛くなるのはいやだから」

「エデン、僕の最初の結婚のいきさつを聞いてほしい」

「わたしには関係ないわ」

「お願いだ。説明させてくれ、エデン」ルークは青ざめた顔で懇願し続けた。

バスがスピードを落とし、エデンの降りるバス停が近づいてくる。エデンはルークの顔を見据えた。

「ルーク、わたしたちはおしまいよ。もう降りるわ。これ以上わたしについてこないで」

エデンはよろよろと座席から立ち上がった。ルークの顔はうつろで、まるで病人のようだ。ブルーの瞳は死んだように輝きを失っている。「残念だ」

ルークは座席を立って、エデンを通路に通した。乗客の目はハンサムで高価なビジネススーツを着込んだルークの姿にひきつけられている。振り返ってエデンを見る者もいた。おそらく二人の会話を聞いていたのだろう。恥ずかしさのあまり、顔が赤らんだ。

ルークはそっとエデンの腕に手をかけた。「エデン、必要なものがあったらいつでも僕に連絡してくれ。偽善じゃない、本当にそう思っているんだ」

エデンはためらった。心が張り裂けそうだ。わたしはこの人を愛している。今でも心から愛している。けれども、それだけではどうにもならない。彼は最初の結婚でもうけた子供を、無視同然にしているというではないか。わたしのおなかの子供も同じ運命をたどるのだ。けっして手に入らないものを望んでもしかたがない。

「さようなら、ルーク」エデンはかすれた声で言った。

翌日レイは、エデンの仕事場を覗《のぞ》きに来なかった。仕事が終わって建物を出てもルークの姿はない。やはり何もかもおしまいなんだわ。エデンは未練がましい気持をこらえて歩き出した。やってきたバスに乗り込み、家路につく。がらんとした部屋に一人戻ると、わびしさがこみ上げてきた。こんなとき、せめてテレビでもあれば気が紛れるのに……。彼女は手持ちのテープで明るい感じの曲を探した。

そのとき、ドアをノックする音がして、エデンは立ち上がった。ドアを開けると、驚いたことにマーリーが立っているではないか。

マーリーの小さな顔はひどくやつれ、青ざめていた。美しい琥珀《こはく》色の瞳がエデンを探るように見つめている。歓迎してもらえるか、不安そうだ。エデンはにっこりほほ笑み、マーリーを抱きしめた。ルークに仕事先を教えたのを気にしているのなら、それはもうすんだことだと伝えたい。何があってもわたしたちは親友なのだから。

けれどもマーリーは、体をこわばらせたままその場に立ち尽くしている。

エデンは手を離し、一歩下がってマーリーの顔を心配そうに覗き込んだ。「マーリー、どうしたの？　どこか悪いの？」

「ええ、そう。とても悪いの」マーリーが答えた。「中に入ってもいい?」

「もちろんよ」エデンは急いでマーリーを中に促した。ドアを閉めて肘掛け椅子を勧める。

「さあ、座って」

エデンはベッドに歩いていって、その縁に腰かけた。これで落ち着いて話ができる。けれどもマーリーは、立ったまま椅子に座ろうとしなかった。まるで見知らぬ人間を見るようにエデンをじっと見つめている。

「エデン、今日はあなたにお別れを言いに来たの」マーリーは思い詰めたような口調でそっと言った。

「どういうこと?」エデンはいつもと違うマーリーの様子にますます落ち着かない気持になった。

「レイと二人、どこかよその土地へ行くことにでもなったの?」

「ねえ、エデン。わたしたちどんなときも一緒に切り抜けてきたわよね」マーリーの目には恨めしい表情が浮かんでいた。

「ええ、そうよ」エデンは静かな声で答えた。どうやら深刻な話らしい。

「いつも助け合ってきた……」

「ええ、姉妹みたいにね」

マーリーはその場に立ったまま、体重を左足から右足へかけ直した。次第に気持が高ぶってきている様子だ。

「エデン、あなたはものすごく大きな間違いを犯したわ」

「いったいなんの話？」エデンは呆然《ぼうぜん》とした。

「まさかあなたがあんなことをするとは思わなかったわ。あなたのことならなんでもわかっているつもりだったのに……」

「マーリー？」エデンは突然のショックに打ちのめされた。「いったいわたしが何をしたの？」

「あなたはルークに傷つけられたから、その仕返しをしている。それじゃあルークやおなかの子供がかわいそうだわ。まさかエデン、あなたがそんなことをする人だとは思ってもみなかった」

エデンの顔がこわばった。「マーリー、あなたには事情がわかっていないのよ」

「いいえ、あなたが間違っていると判断できる程度にはわかっているわ。エデン、あなたはものすごく身勝手だわ！」

「わたしが身勝手？」エデンはマーリーの言葉に唖然《あぜん》とした。「このわたしが身勝手だというの？」

「そうよ。あなたはルークを愛しているから一緒に暮らしたんでしょう？　あなたはわたしにそう言ったわ。だからわたしはそれを信じた。妊娠したことをルークに告げないとあなたから聞かされたときも、当事者のあなたが一番よく事情をわかっているのだろうと、何も言わなかったわ。でも、心の中ではあなたが間違っていると思わずにいられなかった。だって、愛し合っていたらお互いを信頼すべきでしょう？　ルークはすべてを理解し受け入れるだけの愛情を持っていたのに、あなたは彼にチャンスを与えなかった。あなたは身勝手で、間違っているわ！」

「でもマーリー、彼にはチャンスはあったのよ」エデンは反論した。

「いきなりあなたから妊娠四カ月だと聞かされたとき？」マーリーがすかさず言い返す。

「あの状況でルークが騙されたと逆上したのは、無理もないんじゃないかしら？」

「あなたにはわからないのよ」

「わかっているわ。あの晩、あなたを捜しにわたしたちの家にやってきたルークは半狂乱だった。でも、わたしはあなたとの約束を守って彼には何も教えなかったわ」

マーリーの体が小刻みに震え始めた。大きな琥珀色の瞳が激しくエデンを非難している。

エデンは、初めて見る親友の激昂《げっこう》した姿にショックを受けた。

「わたしは沈黙を守り続けたわ。あなたの味方なんだからって自分に言い聞かせた。でも、ルークが目の前で苦しむ姿をとても見ていられなかったわ。彼は、あなたから連絡はなかったかと毎日わたしのところへやってきたの。彼の苦しみようはまるで地獄の火に焼かれているようだった。それでついにわたしは耐えられなくなって、あなたがレイのオフィスで仕事を始めることをルークに教えたの」マーリーの目に涙が溢《あふ》れる。「ルークはあなたを心から愛しているわ。そしてあなたの子供も欲しがっているのよ！」彼女はそこで感情を抑え切れなくなったかのように唇を噛《か》んだ。

「でも最初の子供は……」エデンは小声で言った。もう自分でもよくわからない。

「ルークに直接きいたらいいじゃないの！」

「冗談じゃないわよ！」エデンは首を強く横に振った。

「エデン、どうして意地を張るの？　そんなの、間違っているわ。あなたはルークに子供のことについて考える時間をほとんど与えなかった。そして昨日、彼が説明させてくれと言ったときも、耳を貸さなかったそうね。彼があなたを傷つけたのは知っているわ。でもエデン、あなただって彼を傷つけたのよ。お互いさまじゃないの。ルークが償いをしたいと言っているのに、あなたはまったく取り合わない。いつまでそんな態度をとり続けるつもり？　わたしはもう……」

マーリーの目から大粒の涙がこぼれ落ちる。エデンは立ち上がってマーリーに両手を差し伸べようとした。

けれどもマーリーはそれを拒否するようにドアの方へ後退《あとずさ》りしていく。「わたしはもうあなたの友達ではいられないわ」彼女はすすり泣いた。「あなたはもうわたしの知っているエデンじゃないもの。それに……それに……」マーリーがわっと泣き出した。そのまま部屋を走り出て、背後でばたんとドアを閉めていく。

エデンは呆然とその場に立ち尽くした。何年も親友だったあのマーリーが、わたしとの友情を拒否してルークの味方になった。裏切られたという思いと、親友を失ったという思いで心が麻痺《まひ》してしまいそうだ。心から愛していたたった二人の人間を、両方とも失ってしまった。

わたしが悪かったのだろうか？　でもルークの最初の子供は？

自分の子供を見捨てるも同然にしたことを、彼はどう説明するのだろうか？

やはりルークの説明に耳を貸すべきだった。エデンの心に後悔の念がわいた。それがどんどん大きくなって、耐えられないほどの重さになっていく。

解決法は一つしかない。唯一の正しい方法だ。

ルークは必要なときはいつでも連絡していいと言ってくれた。今がそのときだ。昨日わたしが耳を傾けようとしなかったことを、すべて話してもらおう。わたしが間違っていたかどうか知る必要がある。もし間違っていたなら、どこでどう間違ったのかつき止めるのだ。そしてその償いをする。もし、それが可能ならば。

エデンは震える手でハンドバッグから財布を取り出し、小銭を探した。そしてキッチンへ下りていって、公衆電話の受話器を取った。ゆっくり番号を回す。それは、エデンの人生の中で最も困難な作業のように思えた。

13

電話に出たルークの声は、そっけなかった。エデンは大きく息を吸い込んだ。

「ルーク？　エデンよ」声が震える。「今、話して大丈夫かしら？」

「ああ、もちろんだ」すかさずルークの声が聞こえてきた。電話がかかってきたのが信じられない様子だ。

「昨日はあんな態度をとって、ごめんなさい。やっぱりあなたの説明を聞くべきだったわ。わたしったらフェアじゃなかったわね。それで……」エデンは口ごもった。もう一度チャンスを貰《もら》えないか、とどう切り出したらいいのだろう？

「エデン、どんなことでも言ってほしい」

ルークの優しい言葉にエデンの目が熱くなった。

「ありがとう」声がかすれる。「わたし、もう一度あなたと話がしたいの。でも、電話じゃ……」

「今から君のところに行くよ」

「ありがとう」

「君の部屋だね」

「ええ、住所は――」

「場所はわかっている。これから十五分で行くよ」

かちっと音がして、電話はそのまま切れた。もうすぐここへルークが来る。エデンは急にどぎまぎした。受話器を戻す手がわずかに震えている。彼女は急いで階段を上った。

部屋に戻って中を見渡す。狭苦しいが、きちんと片づいていた。これ以上よく見せることはできないけれど、しかたがない。エデンはバスルームに入って化粧を直し、髪を梳《と》かした。

部屋の中を歩き回りながら、エデンの心の中で希望と絶望が交錯する。どうかうまくいきますように。彼女は不安のあまり、気分が悪くなりそうだった。

ようやくノックの音が聞こえた。エデンがドアを開けると、ルークが立っていた。わたしの幸福の鍵《かぎ》を握っているルーク。彼女は胸がぎゅっと締めつけられる思いだった。

「エデン、電話を貰って嬉《うれ》しかったよ」ルークがじっとこちらを見つめている。エデンは喉がからからになった。身動きもできない。「入っていいかな？」

エデンはごくりと唾《つば》をのみ込んだ。「ええ、どうぞ」一歩下がってルークを中に招き入れる。ドアを閉めるエデンの手は震えていた。脚ががくがくして、一番近くにあったテーブルの椅子に座り込んだ。ルークがいると部屋がますます狭く感じられる。彼は部屋の中をすばやく見回してからエデンの方に向き直り、テーブルを挟んで反対側の椅子をひいた。

「いいかな？」

エデンは頷《うなず》いた。

ルークは椅子に腰かけ、テーブルに両手を伸ばすと細くて繊細な指を組み合わせた。わたしの体を何度も愛撫《あいぶ》した指だ。エデンは無理やり視線をそらし、声を振り絞った。

「来てくれてありがとう、ルーク」

「来たかったんだ」かすかにほほ笑むルークの目に、言葉にならない感情が浮かんでいる。

エデンは大きく息を吸い込むと、単刀直入に言った。「昨日わたしに説明してくれるって言っていたことだけれど……あなたの最初の結婚のこと」

「なんでもきいていいよ」ルークがすかさず言う。

エデンはどう切り出していいかわからなかった。彼の心の秘密にかかわることだから、プライバシーの侵害も同然だ。けれどもここまで来たら、もう後戻りはできない。

「ルーク、わたしが知りたいのは、あの、あなたはどうして……最初のお子さんと縁を切ってしまったの？」

ルークの顔からほほ笑みが消え、しかめ面になった。予想外の質問だったに違いない。

ブルーの瞳が一瞬宙を見つめ、それからゆっくりとエデンの顔に戻ってきた。「エデン、それはだれにも話したことがないんだ」

エデンはじっと座っていることができなくなって、椅子から立ち上がった。本能的に手でおなかを押さえる。わたしたちの子供だ。だからもう一人の子供に何が起こったのか、わたしはどうしても知らなくてはならない！

「ルーク、もしわたしたちが元のさやに収まることがあるとしたら――」エデンは懇願するようにルークを見た。「もし、わたしたちがまた幸せに暮らせる可能性があるとしたら、これはとても大切なことなの。どうしても知る必要があるの」

ルークが立ち上がった。顔がこわばり、両手をきつく握りしめている。「それはプライドにかかわる問題だから……」

エデンは顔をそむけた。絶望感が全身をおそう。「尋ねるべきじゃなかったわね」

「いや、君には尋ねる権利があるよ」ルークは厳しい表情で言った。

エデンは息を詰めてルークを見た。心臓が激しく打つ。

ルークが視線を落として話し始めた。「これは僕の妹も弟も知らない。でも君のためなら……僕にとって君は何よりも大切な存在だから。だれにも話さなかったことを、君に話そう」

ルークはそこで一息ついた。どう話そうか考えているらしい。ややあって重い口を開いた。

「エデン、僕には子供はいない。結婚前に妻のおなかにいたのは、僕の子供ではなかったんだ。今、その子は本当の父親に育てられている。だから僕はもうなんのつながりも持っていない」

淡々とした口調で明かされた事実は、エデンの頭をまるで弾丸のように撃ち抜いた。これでルークからの結婚の申し込みを断る理由はなくなった。エデンはルークがでまかせを言っているとはまったく思わなかった。一緒に暮らしたエデンにはわかる。ルークは子供を見捨てるような人間ではない。どうして今までそういうふうに考えなかったのだろう？

「あなたはそのことを知っていたの？　結婚するときに？」エデンの口から呻《うめ》くような声が漏れた。

ルークは首を横に振った。「僕の子供だと言われたからね。疑う理由もなかったから、それ以上考えなかった」

「でも、真相がわかった……」

「子供が生まれてからね。本当の父親が名乗り出てきたんだ」

「まあ！」エデンは唖然《あぜん》としてルークの顔を見た。ひどい、あんまりだ！　自分の子供だと思っていたのに、突然そうではないと告げられるショック――想像しただけでぞっとする。

ルークの口元が歪《ゆが》んだ。「たしかに愉快なことではなかったね。地獄につき落とされたような気持だった」

「奥さんを愛していたの？」エデンは穏やかな口調で尋ねた。

ルークがゆっくりと首を横に振った。「いや、ダイアンのことは愛してはいなかった。でも、好意は持っていたから、結婚してもなんとかやっていけるだろうと考えたんだ。とにかく子供の生まれる日が待ち遠しくてしかたがなかった。それが……」ルークが肩をすくめた。それは、どうでもいいという投げやりな態度ではなく、重い荷物を振り落とそうとでもしているかのようだった。

「あなたの奥さんは、どうしてそんな嘘《うそ》をついたのかしら？」

「金だよ。僕は彼女にまんまと騙《だま》されたのさ」

「そしてわたしが妊娠したと告げたとき、また同じことが起こったと思ったのね」

ルークははっと我に返った。おそらく地獄の日々を思い出していたのだろう。「本当にすまない、エデン」

「ルーク、あなたのせいじゃないわ。子供のことを隠したわたしが悪かったのよ。わたしったら、子供は欲しくないというあなたの言葉を真に受けてしまったの」

「あれは僕のプライドが言わせたのさ」ルークがしかめ面で言った。「もちろん、僕だって子供は欲しいよ」

「子供が生まれてから、どうなったの？」エデンは先を促した。

「子供が生まれて三週間、僕は父親になった喜びに酔いしれていた。それだけで結婚した価値があったと思ったよ。僕に似ていなかったけれど、気にしなかった。母親の家系に似ることが多いと聞いていたからね。ところが本当の父親が名乗り出て、すべてが粉々に砕け散ってしまった」

「本当の父親は、いったいそれまで何をしていたの?」

「彼は湾岸戦争に巻き込まれていて、その間にダイアンは結婚相手としては僕のほうが条件がいいと、乗り換えたんだ」ルークはそこで苦々しい笑い声をあげた。「ダイアンは初めこのことを強く否定した。けれども赤ん坊とその男の顔を見比べたら、本物の父親がだれかは一目瞭然《りようぜん》だった。同じ鼻、同じ目、同じ耳……」

ルークは顔を上げて無理にエデンにほほ笑んでみせた。

「僕はダイアンに欲しいだけの慰謝料を払い、本当の父親に子供を渡した。そのかわり、このことはぜったいに口外しないと約束させた。仕事上、こんな話が広まっては困るからね」

「ごめんなさい、無理にきいてしまって……」エデンはルークの心の傷の深さを推し量って胸が痛んだ。「あなたを騙したわたしを許してね。でも、おなかの子供はあなたの子よ。それだけは信じて」

「わかってるよ、エデン」ルークはそう言ってエデンの方に近づいてきた。「それは僕がよく知っている。僕はそのことで君を疑ったりはしていなかった。ただ、悪夢の記憶が蘇《よみがえ》ってね。あんな形で君を追い出した僕を、許してほしい」

「もちろんよ」

エデンはかすかにほほ笑んだ。希望の光が見えてくる。二人の将来を約束する明るい希望の光だ。

「子供を産んでもいいの？」エデンはためらいがちに尋ねた。

ルークがエデンの手を取り、そっとひき寄せた。ブルーの瞳に愛と優しさが満ちている。

「僕たちの子供だ」

エデンは思わずルークの首に腕を回した。「ルーク、愛しているわ」

ルークはエデンをさらにひき寄せた。抱きすくめられて、エデンの体に彼の鼓動が伝わってくる。「エデン、結婚してくれるね？」

その言葉に、エデンの一度は砕けた夢が再びきらきらと輝き始めた。「ええ、結婚するわ」

14

エデンはサラダを作り終えると、キッチンの流しで手を洗った。窓越しにバーベキューを準備しているルークの姿が見える。客がもう到着する時間だ。今日の客はパム・ハーコート一家、マーリーとレイ、二人のかわいい娘アマンダ、それにケイト・リードと彼女のフィアンセだ。

外はいい天気だった。青空と輝く太陽――ちょうどマーリーの結婚式の日と同じだ。もう三年も前のことになる。エデンは、かがんで息子のデビッドに話しかけるルークを見てほほ笑んだ。デビッドの小さな顔が心配そうに飼い犬のゴールディの行方を追っている。犬はマグノリアの木の近くの潅木《かんぼく》のあたりをしきりに嗅《か》ぎながら、土を掘り返そうとしていた。ルークが犬に向かって庭に入ってはいけないと大声を出した。

わたしの庭。エデンの口元が思わずほころんだ。水を止め、手を拭《ふ》く。それから彼女はベランダに出た。

ルークがエデンに手を振り、こちらへ来るよう促している。デビッドも足元にゴールデイをじゃれつかせながら、歩き出したエデンの方に駆けてくる。

「ママ、お庭は大丈夫だったよ」デビッドはエデンに抱きつき、父親のいるバーベキューの場所へと彼女をひっぱった。

エデンは笑った。かわいいデビッド。ルークと同じブルーの瞳は、今日の空のように澄み切っている。今度の子供はわたしに似て黒い瞳だろうか？

「その服はケイトの最新作かい？」ルークが満足そうな目をエデンの全身に走らせる。

「もちろんよ」エデンはにっこり笑った。ピンクのスラックスとオーバーブラウスの組み合わせは、巧みなデザインで妊娠六カ月の体のラインを美しく見せてくれる。ケイトのマタニティドレスシリーズは飛ぶように売れていた。

「彼女にまた、おめでとうを言わなくちゃならないな」ルークがほほ笑む。彼の銀行はケイト・リードに融資し、結果は大成功だった。エデンはケイトの才能を世に広める手助けができたことを心から喜んでいた。

エデンは今では服はすべてケイトから買っていた。ポーラ・スタフォードはひどく機嫌を損ねたらしいが、義理立てする理由はなかった。本当の友情はお金では買えないし、愛だって同じことだ。

「おなかの中のお嬢さんは今日は元気かな？」

つぎに生まれてくるのが女の子だということは、すでに超音波の検査でわかっていた。

デビッドに妹ができるのだ。

「ええ、さっきも動いていたわ」エデンはそっとおなかに手をやった。もう胎動が感じられる時期に入っている。

ルークが静かにエデンを抱き寄せた。「愛しているよ、エデン」

エデンは自分が文字どおりルークの愛に包まれていると感じずにはいられなかった。美しい家、見事な庭、息子のデビッド、そしておなかの中の娘。左手の薬指にはゴールドの結婚指輪がはめられている。

「愛しているわ」エデンは心から言った。

〝危険を冒さなくてはご褒美は手に入らない〟

その言葉がエデンの頭にふと浮かんだ。わたしにはもうそれは当てはまらない。なぜなら、ご褒美はすべて手に入ったのだから。

●本書は、1995年1月に小社より刊行された作品を文庫化したものです。

マグノリアの木の下で
2024年12月15日発行　第1刷

著　　者／エマ・ダーシー
訳　　者／小池　桂（こいけ　かつら）
発 行 人／鈴木幸辰
発 行 所／株式会社ハーパーコリンズ・ジャパン
東京都千代田区大手町1-5-1
電話／04-2951-2000（注文）
0570-008091（読者サービス係）
印刷・製本／中央精版印刷株式会社
表紙写真／© Alena Stalmashonak | Dreamstime.com

ISBN978-4-596-71919-5

12月11日発売

ハーレクイン・シリーズ 12月20日刊

ハーレクイン・ロマンス　愛の激しさを知る

極上上司と秘密の恋人契約　キャシー・ウィリアムズ／飯塚あい 訳

富豪の無慈悲な結婚条件
《純潔のシンデレラ》　マヤ・ブレイク／森　未朝 訳

雨に濡れた天使
《伝説の名作選》　ジュリア・ジェイムズ／茅野久枝 訳

アラビアンナイトの誘惑
《伝説の名作選》　アニー・ウエスト／槙　由子 訳

ハーレクイン・イマージュ　ピュアな思いに満たされる

クリスマスの最後の願いごと　ティナ・ベケット／神鳥奈穂子 訳

王子と孤独なシンデレラ
《至福の名作選》　クリスティン・リマー／宮崎亜美 訳

ハーレクイン・マスターピース　世界に愛された作家たち ～永久不滅の銘作コレクション～

冬は恋の使者
《ベティ・ニールズ・コレクション》　ベティ・ニールズ／麦田あかり 訳

ハーレクイン・プレゼンツ作家シリーズ別冊　魅惑のテーマが光る極上セレクション

愛に怯えて　ヘレン・ビアンチン／高杉啓子 訳

ハーレクイン・スペシャル・アンソロジー　小さな愛のドラマを花束にして…

雪の花のシンデレラ
《スター作家傑作選》　ノーラ・ロバーツ他／中川礼子他 訳

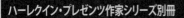